AF553273

हमारे
बहादुर बच्चे

हमारे बहादुर बच्चे

रजनीकांत शुक्ल

चिल्ड्रन बुक टेंपल
दिल्ली

प्रकाशक : चिल्ड्रन बुक टेंपल, सी–55, गणेश नगर, पांडव नगर, दिल्ली–110092
 / संस्करण : 2020 / मूल्य : दो सौ पचास रुपए
मुद्रक : आर–टेक ऑफसेट प्रिंटर्स, दिल्ली ISBN 978-93-86936-09-7

HAMARE BAHADUR BACHCHE

by Rajnikant Shukla ₹ 250.00

Published by Children Book Temple, C-55, Ganesh Nagar,
Pandav Nagar, Delhi-110092

समर्पित

देख मुसीबत में औरों को,
खड़े नहीं रह पाएँ,
कोई आगे बढ़े ना बढ़े,
वो आगे बढ़ आएँ,
होगा क्या परिणाम न चिंता,
जिएँ या कि मर जाएँ,
ऐसे अलबेलों को अर्पित,
प्रेरक शौर्य कथाएँ…

जीवन को एक मकसद के लिए जीना है : प्रधानमंत्री

बहादुर बच्चों को पुरस्कार देने के बाद प्रधानमंत्रीजी ने उनसे बातचीत की और उन्हें संबोधित करते हुए कहा :

◆◆◆ आप लोग भाग्यशाली हैं कि आपने जो पराक्रम किया, उसपर कुछ लोगों का ध्यान गया और उसका नतीजा यह हुआ कि चर्चा होते-होते अखबारों में आया होगा। लोग भी मिले होंगे। आपके स्कूल में आपकी वाहवाही हुई होगी। यहाँ पर भी पिछले पाँच-सात दिनों से लगातार टी.वी.-अखबार वाले आपके पीछे पड़े रहते होंगे। आपकी तसवीर दिखाते होंगे। आपके मम्मी-पापा भी बड़े खुश होते होंगे। देखो, तुम्हारे कारण हमारा भी नाम रौशन हो रहा है।

एक ऐसा पल था, जिसको आपने जी लिया। एक ऐसी घटना आपके सामने घट गई और आपने उस घटना को अपना बना लिया। और वह पल था, जिसमें आपने...वह पल चला जाता तो शायद आज वह घटना आपके जीवन का हिस्सा न होती और इसलिए 'ए फ्रक्शन ऑफ सेकेंड्स,' आप में कितना साहस है, इससे ज्यादा आप में कितनी बड़ी निर्णय शक्ति है, आपने प्लस, माइनस, यस नो, बाएँ-दाएँ, सब जो कुछ भी था 'अ फ्रक्शन ऑफ सेकेंड्स' में देख लिया, तय कर लिया और अपने शरीर से एक्ट भी कर लिया। उसका नतीजा हुआ कि किसी की जिंदगी बच गई।

आप भी शायद अब तंग आ गए होंगे कि भई, उस दिन हो गया। ठीक है, हो गया, अब क्या बार-बार मुझे सब लोग यही पूछते रहते हैं।

लेकिन लोग तब तक पूछते रहेंगे, जब तक आप दूसरा पराक्रम नहीं करोगे। और पराक्रम का मतलब यह नहीं है कि एक ऐसा ही पराक्रम किया जाए। फिर आपको हर बार तालाब के पास जाना पड़ेगा, देखना पड़ेगा कि कोई डूब रहा है क्या? फिर छलाँग लगानी पड़ेगी। ऐसा नहीं होता है। जीवन को कुछ मकसद के लिए जीना है। आज तेईस जनवरी···क्या है? मालूम है आपको? बच्चों को मालूम है, आज नेताजी सुभाषचंद्र बोस की जन्म जयंती है।

हम लोगों को एक आदत डालनी चाहिए। यह शोहरत मिल जाती है। अखबार की कटिंग भी रखोगे आप लोग···ले जाओगे साथ में···रखे रखोगे··· दो साल बाद भी किसी को दिखाओगे, लेकिन इसको शुरुआत मानना चाहिए, यह मंजिल नहीं है। इसने आपके लिए एक मार्ग खोल दिया है। एक छोटा सा बीज होता है। उसका सद्‌भाग्य है कि कोई इसको जमीन में गाड़ता है, लेकिन वह तब तक फलता-फूलता नहीं है, जब तक इसको पानी वगैरह उपलब्ध न हो। अब आपके जीवन में इस घटना ने एक इतनी बड़ी ताकत दी है। अवसर दिया, हर किसी का ध्यान आप पर जानेवाला है। अगर आप इसे अपने प्रयत्नों के पानी से नहीं सींचोगे, परिश्रम से पसीना बहा करके नहीं सींचोगे तो जो एक अंकुर पैदा हुआ है, जीवन के बिल्कुल प्रारंभिक काल में, वह मुरझा जाएगा। अब इसको आगे बढ़ाने के लिए क्या करना है? एक तो ज्यादा से ज्यादा पढ़ने का शौक मन को करना चाहिए। कुछ लोग होते हैं, उन्हें पढ़ने का इतना शौक होता है कि कहीं ट्रैवलिंग करते हुए भी रोड के बाजू में पकौड़े खाने के लिए खड़े हो गए। अब अखबार के टुकड़े पर किसी ने पकौड़े दे दिए तो पकौड़े खाते-खाते भी अखबार पढ़ते रहते हैं। वह न्यूज नहीं होता है, वह तो पुराना अखबार है, लेकिन आदत है उसकी। कहीं पर भी लिखा हुआ देखा नहीं कि उसका मन वहीं

पर लग जाता है। फिर पकौड़े का टेस्ट बाजू में चला जाता है। वह पढ़ता रहता है। क्या हम अपने जीवन में ऐसी आदत विकसित कर सकते हैं? और आपके जीवन में जो एक अवसर आया है पराक्रम का, क्या आप सर्वाधिक बायोग्राफी आटोबायोग्राफी, जीवनचरित्र···यह जितना ज्यादा हो सके, अभी पढ़ना चाहिए। छोटे बालक छोटी किताब, दस-दस पेज की किताब भी आती है, बड़े-बड़े अक्षरोंवाली किताब आती है, उसको पढ़ें। चित्रवार्त्ताएँ आती हैं वीर बालकों की, वीर पुरुषों की, महापुरुषों की, खिलाड़ियों की। उनसे हमें एक प्रेरणा मिलती है।

हमने पराक्रम किया है, पुरुषार्थ किया है। लोग पहचानने लगे हैं। स्कूल में सब पहचानने लगे हैं। अब उसको सींच करके जीवन को एक मंजिल तक ले जाने के लिए तैयार करना चाहिए। अगर यह आप करते हैं तो जीवन में आपको बहुत लाभ होगा।

आप पराक्रम करते होंगे, लेकिन खेलकूद में हिस्सा नहीं लेते होंगे। पराक्रम आपके मन की अवस्था थी, इसके कारण पराक्रम हुआ। वह शरीर की अवस्था के कारण पराक्रम नहीं होते। एक मन की अवस्था होती है। भीतर से मन की ताकत होती है, जो पराक्रम कराती है। सामर्थ्यवान शरीर अच्छी मदद करता है। सामर्थ्यवान नहीं है तो कम मदद करता है, लेकिन निर्णय मन करता है और इस मन की मजबूती के लिए हमारा निरंतर प्रयास रहना चाहिए। उसको ट्रेंड किया जा सकता है। अगर यह हमने कोशिश की। अगर जैसे आप लोगों ने तय किया होता कि मेरे सब साथियों को भलीभाँति जान लूँगा। अभी भी आप लोग तीन-चार दिन साथ रहनेवाले हो। इतना जरूर कर लेना। सबके नाम आने चाहिए, आपको उनके विषय में आना चाहिए। उनके माता-पिता क्या करते हैं, वह आना चाहिए। किस गाँव के हैं, वह गाँव कैसा है? इतना तो तीन-चार दिनों में अपने साथियों से आप जरूर जान लीजिए। आप देखिएगा, एक नई अनुभूति होती है। पिछले सात दिन कैसे गए और आगे के चार दिन कैसे जाते हैं। बड़ा फर्क, बदलाव महसूस होगा आपको।

क्यों—क्योंकि आप अपने दायरे में जो सिमट गए हैं। उससे खुल करके आपने अपना दायरा बढ़ाया है। नहीं तो दिन-रात मैंने ऐसा किया था। मैंने ऐसे बचाया था। अब औरों ने भी तो कुछ किया है, क्या किया है? जरा जानो तो, समझो तो···ये जीवन के विकास के लिए बहुत काम आएगा। अच्छी तरह बारीकी से चीजों का निरीक्षण करना, उसमें से कुछ सीखने का प्रयास करना। देखना—ऐसा ही क्यों किया, कुछ तो कारण होगा। जरूर कुछ कारण होगा। ऐसे मन में हर बार सवाल उठने चाहिए और मन से ही सवालों के जवाब खोजते रहना चाहिए। आप देखिए, आप खुद अपने टीचर बन जाएँगे। आप ही अपने गाइड बन जाएँगे, आप ही अपने मेंटर बन जाएँगे। अगर आप अपने आपसे जुड़ोगे और अगर आप परिस्थितियों को भलीभाँति ऑब्जर्ब करने की आदत डाल लोगे तो देखना, जीवन कहाँ-से-कहाँ पहुँचा सकता है आपको।

कहीं यह शोहरत, यह प्रसिद्धि आपके जीवन की रुकावट न बने। वरना वह बहुत बड़ा संकट बन जाएगा। और इसलिए कोशिश करनी चाहिए, हर बालक की तरह बालक बन जाना। इन बढ़िया कपड़ों के बीच में बालक हमारा खो नहीं जाना चाहिए। उस बालक मन को जितनी ऊर्जा मिलनी चाहिए, उसे ऊर्जा देते रहना चाहिए, उसे विकसित होने देना चाहिए। ये जो विस्तार है, ये जो विकास है, जो ऊँचाई है, जो गहराई है, वह आपको नई-नई चीजों को अपनी बनाने की ताकत देती है।

आपने पराक्रम किया है। मेरी आपको बहुत-बहुत शुभकामनाएँ। पढ़-लिखकर बहुत आगे बढ़िए। जीवन को सफल बनाने की कोशिश कीजिए। और सफलता कोई एक मुकाम पर नहीं होती है, हर डगर पर एक सफलता मिलती है। तब जाकर मुकामवाली सफलता हासिल होती है। इसको करते रहोगे तो जीवन में बहुत सफलता मिलेगी। मैं आपको तो बधाई देता ही हूँ, आपके परिवारजनों को भी बधाई देता हूँ, जिन्होंने आपको शिक्षा-दीक्षा दी। आपका लालन-पालन इस प्रकार से किया कि जिसके कारण यह आपके जीवन में यह संभव हुआ।

आपके शिक्षकों को मैं बधाई देता हूँ, जिन्होंने ऐसा माहौल बनाया, जिससे आप में समाज के प्रति, अन्य के प्रति कुछ करने की संवेदनाएँ प्रकट हुईं और वही संवेदनाएँ है, जो साहस में परिवर्तित हुईं। आपके साथ जुड़े हुए जितने भी लोग हैं, जितने भी लोगों ने आपके जीवन को बनाने का प्रयास किया, वे सभी अभिनंदन के अधिकारी हैं। मैं सबको बधाई देता हूँ।

बहुत-बहुत शुभकामनाएँ आपको।

धन्यवाद

अपनी बात

दोस्तो,

इस पुस्तक में वर्ष 2016 के राष्ट्रीय बाल वीरता पुरस्कार प्राप्त बहादुर बच्चों के साहसिक कारनामों की कहानियाँ लिखी गई हैं। देश के कोने-कोने से इन बहादुर बच्चों का चयन भारतीय बाल कल्याण परिषद्, नई दिल्ली के माध्यम से एक उच्च स्तरीय कमेटी करती है। देश के प्रधानमंत्रीजी स्वयं इन्हें अपने हाथों से सम्मानित करते हैं। राजधानी में गणतंत्र दिवस की परेड का हिस्सा बनने से पहले ये बच्चे देश के अतिविशिष्ट व्यक्तियों से भेंट करते हैं। इसके साथ-साथ ये दिल्ली-दर्शन भी करते हैं। इस अवसर पर विभिन्न संस्थाएँ इन्हें सम्मानित करती हैं।

भारतीय कल्याण परिषद् इनकी पढ़ाई में सहयोग करती है। उच्च शिक्षा संस्थानों में इन बच्चों के प्रवेश के लिए स्थान आरक्षित हैं।

इस आयु वर्ग के बच्चों को पढ़ाते हुए पिछले 28 वर्षों में मुझे उनको निकट से समझने का अवसर मिला। क्लास-रूम की पढ़ाई के साथ-साथ स्काउटिंग, खेल, पर्यटन, शैक्षिक भ्रमण, एन.एस.एस., सांस्कृतिक कार्यक्रमों आदि में उनके उत्साह और उल्लास में मैं बराबर भागीदार रहा हूँ।

विगत पंद्रह वर्षों से राष्ट्रीय वीरता पुरस्कार प्राप्त बहादुर बच्चों की कहानियाँ लिखते हुए मुझे कभी यह लगा ही नहीं कि वे बच्चे कुछ अलग हैं। दरअसल मेरी नजर में हर बच्चा संभावनाशील है। बस अवसर और परिस्थितियों की बात है। किसी को वह अवसर मिला और किसी को नहीं।

देखा जाए तो माता–पिता के न रहने या उनके न रहने जैसा होने पर कारों की सफाई कर, दुकान और घरों में काम कर अपना घर और परिवार का मुखिया की तरह खर्च चलानेवाला बच्चा भी कोई कम बहादुर नहीं है।

कुछ अलग करने के प्रयास में नन्हे दोस्तों तक इन कहानियों को लिखकर ले जाने का प्रयास 'अणुव्रत' पाक्षिक से शुरू होकर 'सहारा समय' से होता हुआ पुस्तकों का रूप लेने लगा और अब यह कारवाँ देश की अन्य भारतीय भाषाओं में अनुवाद होकर समूचे देश के बच्चों तक पहुँचने की दिशा में आगे बढ़ रहा है।

इस बार से देश के प्रतिष्ठित 'प्रभात प्रकाशन' ने इन कहानियों को सारे देश के हिंदी भाषी बच्चों तक पहुँचाने का संकल्प लिया है। मैं उनकी सद्भावना के लिए उन्हें हृदय से धन्यवाद देता हूँ।

आशा ही नहीं, वरन् पूर्ण विश्वास है कि हिंदीभाषी क्षेत्र में ये कहानियाँ दूर–दूर तक बच्चों के हाथों में पहुँचेंगी और बच्चों को दूसरों की मदद करके खुशी हासिल करने के लिए प्रेरित करेंगी।

—रजनीकांत शुक्ल

अनुक्रम

दे दी जान

"भैया, कहाँ जा रहे हो?"—तार पीजू ने अपने बड़े भाई तार चारू को टोका, जो अपने दोस्त पासांग मेरी के साथ जा रहा था।

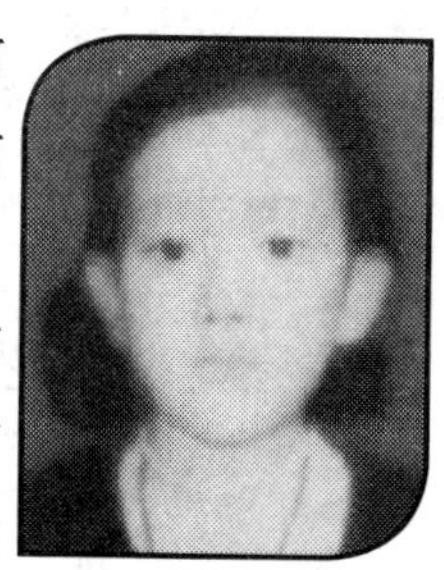

तार पीजू

"खेतों की तरफ, देख नहीं रही हो, कितनी अच्छी धूप खिली हुई है।" तार चारू ने आसमान की तरफ मुँह उठाकर कहा।

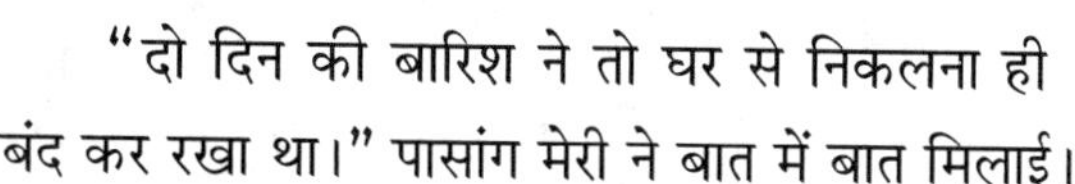

"दो दिन की बारिश ने तो घर से निकलना ही बंद कर रखा था।" पासांग मेरी ने बात में बात मिलाई।

"मैं भी चलूँ साथ में?" तार पीजू ने पूछा।

"हाँ-हाँ, क्यों नहीं, आ जाओ।" पासांग मेरी बोली।

"एक से भले दो, और दो से भले तीन।" कहकर तार चारू हँसने लगा।

यह सुनते ही तार पीजू दौड़ती हुई आई और उन दोनों के साथ हो गई।

उगते सूरज का प्रदेश कहे जानेवाले अरुणाचल की राजधानी से लगा हुआ वह जूलेंग कस्बा था।

वह वर्ष 2016 के मई महीने की 19 तारीख थी। पिछले दो दिन से इलाके में भारी बारिश हुई थी। उसके बाद आज खूब चमकदार धूप निकली।

ऐसे में तार चारु, तार पीजू और पासांग मेरी एक साथ अपने खेतों की ओर बढ़े जा रहे थे।

उनके खेत नदी के उस पार थे और घर नदी के इस पार।

अकसर खेतों पर जाने के लिए उन्हें नदी को पार करके जाना होता था, जिस पर कोई पुल नहीं था। सर्दियों में तो कम पानी होने की वजह से बच्चे भी उसे पार कर लेते थे, मगर बारिश के मौसम में पानी बढ़ जाता था, मगर इन बच्चों को इसकी कोई चिंता नहीं थी, क्योंकि तीनों को ही तैरना आता था। अपने चिर-परिचित रास्ते पर वे बढ़ते जा रहे थे।

तार पीजू आठ साल की थी, जबकि उसकी सहेली पासांग मेरी ग्यारह साल की और ग्यारह साल का ही था उसका भाई तार चारु भी।

तार पीजू जब पाँच साल की ही थी, तभी उसने तैरना सीख लिया था।

आपस में बातें करते हुए वे नदी की ओर बढ़े जा रहे थे। उनके घर से नदी लगभग एक किलोमीटर की दूरी पर थी। जूलेंग में उसके जिले पारंपारे की जिला जेल भी बनी हुई है और वहाँ डॉनवास्को कॉलेज भी है।

ये तीनों बच्चे इस बात से अनजान थे कि कुछ दिन पहले ही नदी के किनारे उनके खेतों की ओर जानेवाले रास्ते में बालू निकालनेवालों ने मशीन से खुदाई करके बालू निकाल ली थी, जिसके कारण रास्ते में बड़े-बड़े गड्ढ़े हो गए थे। जिन्हें दो दिनों में आई तेज बारिश ने भर दिया था। वे दिखाई नहीं दे रहे थे, क्योंकि अब उनके ऊपर से नदी का पानी बह रहा था।

यह बात इन बच्चों को पता न थी।

वे तीनों पहले के अंदाज से ही आगे बढ़ते जा रहे थे। सबसे आगे उसका भाई तार चारू था, उसके साथ ही थी उसकी हमउम्र पासांग मेरी।

धीरे-धीरे पानी में आगे पैर बढ़ाते ही तार चारू एकदम से गड्ढ़े के अंदर चला गया, जिससे उसके मुँह में पानी चला गया और वह डूबने लगा। उसी के पीछे चलती हुई पासांग मेरी भी धोखा खा गई और पानी में लड़खड़ा गयी और लहरों के साथ बहने लगी।

यह देखकर तार पीजू, जो इन दोनों से कुछ पीछे थी, आगे बढ़कर तुरंत उन्हें बचाने के लिए पानी में कूद पड़ी। उसने लहरों के साथ आगे जाकर भाई को रोका और उसे किनारे की ओर धकेल दिया। तार चारू ने किसी तरह हाँफते हुए किनारा पकड़ लिया और कोशिश कर वह पानी से बाहर हो गया।

वह बहुत घबराया हुआ था। उसकी साँसें तेज चल रही थीं। वह अपनी उखड़ी साँसों पर काबू पाने की कोशिश में लगा था। उधर तार पीजू ने पासांग मेरी को जाकर पकड़ा। अब वह मेरी को पानी के प्रवाह के विपरीत किनारे की ओर लाने की लगातार जी-तोड़ कोशिश कर रही थी। इसमें उसे सफलता भी मिली, जब उसके मारे हुए एक जोरदार धक्के से पासांग मेरी को किनारा पकड़ने में मदद मिली। वह भी पानी से बाहर निकल चुकी थी।

उधर जब तार पीजू ने खुद बाहर निकलने की कोशिश की तो उसे लगा कि जैसे उसके पैर नीचे किसी ने पकड़ लिए हों। काफी जोर लगाने पर भी वह खुद को उस रेत के चंगुल से नहीं बचा पाई, जिसमें उसके पैर धँस गए थे। कुछ देर तक तो वह जीवन और मृत्यु के बीच संघर्ष करती रही, मगर उसकी थकान और नदी की बहती तेज लहरों ने उसे ज्यादा मौका नहीं दिया। जब उसके शरीर ने हरकत करना बंद कर दिया तो लहरों का बहाव उसे अपने साथ लेकर चल दिया।

इधर किनारे खड़े तार चारु और पासांग मेरी भौचक्के से खड़े देख रहे थे। वे इतना घबरा गए थे कि उनकी समझ में ही नहीं आया कि वे क्या करें।

जब तार पीजू बह निकली तो वे उसके साथ–साथ कुछ दूर तक भागे, मगर पानी में कूदने की हिम्मत नहीं जुटा पाए। तार पीजू उनकी नजरों से दूर होती चली गई। वे कुछ कर नहीं पाए तो जोर–जोर से चिल्लाते हुए घर की ओर भागे।

जैसे ही लोगों को इस घटना की जानकारी हुई तो कोहराम मच गया। वे दौड़े–दौड़े तार पीजू को ढूँढ़ने पहुँचे, पर वह न मिली। मिली तो उसकी मृत देह...

तार पीजू ने अपने साथियों की जान बचाने की कोशिश में अपने जीवन का बलिदान दे दिया था। यह सर्वोच्च बलिदान था। जिसने भी सुना, उसकी आँखें नम हो गईं।

प्रतिभावान् नन्ही तार पीजू के इस बलिदान से सारा प्रशासन सकते में आ गया।

घटना के बारे में जानकारी मिलते ही प्रदेश के मुख्यमंत्री स्वयं रात को ही घटना स्थल पर आए। उन्होंने तार पीजू की बहादुरी की सराहना की।

उन्होंने तार पीजू की स्मृति को स्थायी बनाने के लिए उस नदी पर पुल बनाने और उसका नाम तार पीजू के नाम पर करने की घोषणा की। साथ ही उन्होंने तार पीजू के नाम की सिफारिश राष्ट्रीय बाल वीरता पुरस्कार के लिए करने का वादा किया।

तार पीजू को देश के प्रधानमंत्रीजी ने उसके इस अनूठे बलिदान के लिए मरणोपरांत वर्ष 2016 का सर्वोच्च कोटि का राष्ट्रीय बाल वीरता पुरस्कार 'भरत पुरस्कार' से सम्मानित किया।

नन्हे दोस्तो,

कोई डूबे हमारे सामने और हम खड़े देखें,
हमारी आँख में अब तक वह ताकत ही नहीं आई,
दुआ भी हम यही करते हमेशा से ही उस रब से,
बचाने की तो ताकत दे, न दे मुझको वो रुखाई।

□

गिरोह का भंडाफोड़

“ये शिवानी, कोई मैसेज आया क्या?” तेजस्विता ने स्कूल से बाहर निकलते ही शिवानी को टहोका मारते हुए पूछा।

“अभी तक तो नहीं, पर शायद आज शाम तक आ जाए।” शिवानी ने कहा।

“और तुम्हें… ?” शिवानी ने पलटकर पूछा।

तेजस्विता प्रधान

“मुझे भी लगता है, शायद आज काम बन जाएगा।” तेजस्विता ने शिवानी की ओर देखा।

“फिर तो हम दोनों को दिल्ली घूमने को मिलेगा न, क्यों?” शिवानी ने कहा तो तेजस्विता मुसकराए बिना न रह सकी।

शिवानी गोड

वे तेजी से कदम बढ़ाते हुए घर की ओर चल दीं। घर पहुँचकर उन्होंने जल्दी से कंप्यूटर खोल लिया और उस पर फेसबुक चलाने लगीं।

उन्होंने देखा कि उनके इनबाक्स में एक मैसेज पड़ा था। उनकी एक दिल्लीवाली फ्रेंड उनसे चैटिंग करना चाह रही थी।

“वही है!” कहते हुए उन दोनों ने अपने घरवालों को आवाज लगाई।

शिवानी और तेजस्विता दार्जिलिंग में रहती थीं, मगर उन्होंने खुद के फेसबुक परिचय में नेपाली मूल का होना प्रदर्शित कर रखा था। शुरुआती

हाय-हैलो के बाद उस दिल्ली की फ्रेंड ने उनसे उनकी एजूकेशन और क्वालीफिकेशन पूछी। फिर धीरे से दिल्ली में अच्छी नौकरी का लालच दिया, जिसे इन्होंने स्वीकार तो कर लिया। मगर लिखा कि वे दूसरे देश नेपाल की रहनेवाली हैं। फिर यह कैसे होगा ?

उसने जबाब दिया, "यह कोई समस्या नहीं है। शाम तक रुको, इसकी व्यवस्था करते हैं।"

इन लोगों की खुशी का ठिकाना न रहा। कुछ जानकारियाँ उसने इन लोगों से माँगीं और आधे घंटे के अंदर इनके भारतीय नागरिक होने के प्रमाण का प्रतीक आधार-कार्ड बनाकर उसकी फोटो इनको भेज दी।

"अरे, इनके हाथ तो बहुत लंबे लगते हैं!" तेजस्विता की मम्मी ने हैरान होते हुए कहा।

"हाँ, अब हमें यह खेल और सावधानी से खेलना होगा।" शिवानी के बड़े भाई विशाल ने गंभीरता से सिर हिलाते हुए कहा।

हुआ दरअसल यह था कि विशाल एक स्वयंसेवी संस्था से जुड़े हुए थे, जो दार्जिलिंग में युवाओं और बच्चों के बीच जागरूकता बढ़ाने का काम करती है।

पिछले कुछ समय से मानव तस्करी की अनेक घटनाएँ सामने आई थीं। जिसमें अच्छी नौकरी का लालच देकर भोली-भाली लड़कियों को फुसलाकर उनके घर से भगाकर देह व्यापार में धकेला जाता था। यह घिनौना व्यापार नेपाल से वाया दार्जिलिंग, दिल्ली व अन्य देशों तक फैला हुआ था। इसलिए उस स्वयंसेवी संस्था ने इस ओर ध्यान देना शुरू किया था।

तेजस्विता प्रधान की माँ कमलेश राय संस्था की ओर से स्कूलों में बच्चों की जागरूकता के लिए जाती थीं और शिवानी गौड़ के भाई विशाल भी संस्था के लिए जमीनी स्तर पर काम करते थे।

पिछले दिनों नेपाल के एक स्वयंसेवी संगठन 'माइती' के जरिए यह सूचना उन्हें मिली कि एक लड़की को इसी तरह बहला-फुसलाकर नेपाल से लाया गया है, जिसके दार्जिलिंग में पाए जाने की संभावना है।

यह एक महत्त्वपूर्ण सूचना थी। अब उन्हें उस लड़की का पता लगाना था। संस्था ने अपनी पूरी ताकत लगा दी। उम्मीद के मुताबिक पता चला कि वह लड़की अब दिल्ली में है और सोशल मीडिया के माध्यम से भोली-भाली लड़कियों को सब्जबाग दिखाकर देह व्यापार में धकेलने में गिरोह की सहायता कर रही है।

अब संस्था को ऐसी लड़कियों की तलाश थी, जो फेसबुक पर भोली-भाली लड़की का रोल अदा कर गिरोह को रँगे हाथों पकड़वा सकें। यह बड़ा ही जोखिम भरा काम था, मगर साढ़े सत्रह साल की तेजस्विता और साढ़े सोलह साल की शिवानी इसके लिए आगे बढ़कर आईं। उनके साथ ही तैयार हुईं शालिनी और नीना भी।

उन्होंने फेसबुक पर अपनी फोटो लगाकर खाता खोला, खुद को नेपाली मूल का प्रदर्शित किया और दिल्ली में नौकरी करने की इच्छा प्रकट की।

आशानुरूप जल्दी ही गिरोह की उस नेपाली लड़की ने उनसे संपर्क कर डोरे डालने शुरू कर दिए। उसने लालच दिया कि वह उन्हें उम्मीद से भी बढ़कर अच्छी नौकरी दिलवा देगी।

और अब इस खेल का महत्त्वपूर्ण चरण शुरू होने जा रहा था। जिसमें उनका सामना एक ऐसे शातिर गिरोह से होने जा रहा था, जिसकी शक्ति के बारे में वे सिर्फ अनुमान ही लगा सकते थे। आधार-कार्ड प्रकरण से वे इतना तो समझ गए थे कि मात्र आधे घंटे के अंदर भारतीय नागरिकता का प्रमाणपत्र दे देनेवाले गिरोह की जड़ें और पकड़ गहरी होंगी। ऐसे लोगों के हाथ बड़े लंबे होंगे। सारा खेल बहुत खतरनाक था। कुछ भी हो सकता था।

मगर सबकुछ सोचकर हिम्मत करके इन्होंने जाने के लिए हामी भर दीं। तय हुआ कि भारत-नेपाल सीमा पर 'पानी-टंकी' नामक जगह पर वे घर से भागकर मिलेंगी, जहाँ से वे लोग इन्हें दिल्ली पहुँचा देंगे। जहाँ उनके मुताबिक अच्छी नौकरी के रूप में एक 'सुनहरा भविष्य' इनकी प्रतीक्षा कर रहा होगा।

अब संस्था ने पुलिस का सहयोग लिया। नियत समय पर घर से भागी हुई लड़कियों की तरह पानी-टंकी के निकट ये एक रेस्टोरेंट में पहुँचीं, जहाँ पहले

से ही चारों ओर पुलिस और संस्था के लोगों ने अपना जाल बिछा रखा था। वे वहाँ राहगीर, वेटर, ग्राहक और सामान बेचनेवाले के रूप में फैल गए। सारी सुरक्षा व्यवस्था के बावजूद सबके दिल धड़क रहे थे कि क्या होगा? कहीं कुछ अनिष्ट न घटित हो जाए।

तय समय पर एक लड़का और एक लड़की वहाँ आते हुए दिखाई दिए। सभी अपनी-अपनी जगह सतर्क हो गए। वे दोनों सहज भाव से आए और आते ही इन लोगों से साथ चलने को कहा। वे इन सबसे एकदम अपरिचित थे। बिना परिचय के एकदम से साथ चलने की बात कहने पर ये लोग चौंके, मगर एक ने बाहर निकल कर पहले से तय किए गए संकेत के अनुसार अपने सिर को खुजा दिया, जिससे छिपे हुए पुलिस कर्मियों को पता चल गया कि रास्ता साफ है।

अब पुलिस के लोग आ गए और उन्होंने उन दोनों को दबोच लिया। उनसे पूछताछ करने पर पता चला कि उनका काम तो बस इन लोगों को ले जाकर स्टेशन तक पहुँचाना था। दिल्ली से इन लोगों को अपने साथ ले जाने के लिए कोई लड़की आ रही है।

पुलिस ने इन लोगों से काम पूरा होने की सूचना उसके पास पहुँचाई और मिलने का स्थान तय किया। इस तरह पुलिस ने उसे भी पकड़ लिया। उसके बैग

से अनेक फर्जी आधार–कार्ड और संदिग्ध जानकारियाँ मिलीं। उसके कबूलनामे के आधार पर वरिष्ठ पुलिस अधिकारियों ने दिल्ली संपर्क किया। पता लगा इनका सरगना गगन व्र्मा दिल्ली के निकट गुड़गाँव में रहता है। पुलिस ने विशेष टीम बनाकर छापा मारा तो वह गिरफ्तार कर लिया गया। अब वह जेल में है।

इस तरह शिवानी, तेजस्विता, शालिनी और नीना के साहसपूर्ण कार्य से इस बड़े अंतरराष्ट्रीय गिरोह का भंडाफोड़ हुआ। अपराधी कानून के शिकंजे में जकड़े गए। शिवानी और तेजस्विता को वर्ष 2016 का राष्ट्रीय बाल वीरता 'गीता चोपड़ा' पुरस्कार देश के प्रधानमंत्रीजी द्वारा प्रदान किया गया।

नन्हे दोस्तो,

राहें कितनी भी मुश्किल हों, बाधाएँ आएँ,
मन में सोचें जो,हम उसको करके दिखलाएँ,
क्या हमको परवाह,जिएँ हम अथवा मर जाएँ,
मौका था पर बढ़े न आगे, कोई न कह पाएँ।

□

गुलदार से मुकाबला

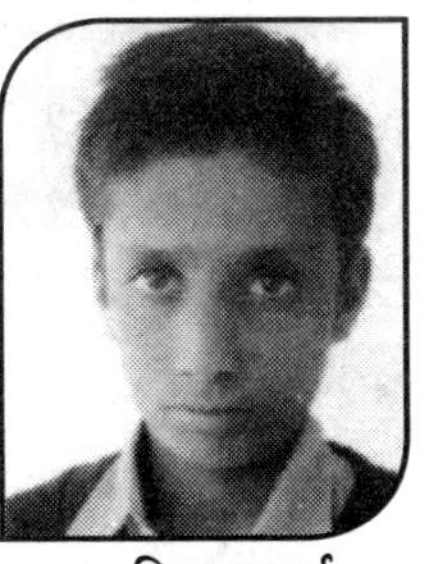
सुमित ममगाई

"भैया, कहाँ जा रहे हो?" सुमित ने चचेरे भाई रीतेश को सुबह-सुबह घर से बाहर जाते देखकर पूछा।

"जानवरों के लिए चारा लेने खेतों की ओर, चलेगा?"—रीतेश ने कहा।

"हाँ, चलो, मैं भी चल रहा हूँ।"—सुमित ने कहा और दराँती उठाकर रीतेश के पीछे-पीछे हो लिया।

अकसर वे खेलते-खेलते खेतों तक जाते रहते थे। उत्तराखंड के देहरादून जनपद के मालदेवना गाँव के रहनेवाले सुरेशदत्त ममगाई, सुमित के पिता थे। जो थोड़ी-बहुत खेती-किसानी कर लेते और मौका मिलने पर शादी-ब्याह की पार्टियों में खाना बनाने का काम भी कर लेते थे। इससे उनका गुजारा हो जाता था।

उनका गाँव चालीस-पचास घरों का था। देहरादून में गंगा के किनारे सहस्त्रधारा सरना उनकी पोस्ट थी। पंद्रह साल का सुमित, नवीं कक्षा का छात्र था और उससे दो साल बड़ा रीतेश, ग्यारहवीं कक्षा में पढ़ता था।

आपस में बातें करते वे खेतों की ओर बढ़ते चले जा रहे थे।

सुमित ने कहा, "भैया, मुझे छोटा गट्ठर बाँधना, मैं तुम्हारे बराबर वजन नहीं उठा पाऊँगा।"

रीतेश हँसता हुआ कहने लगा, "क्यों, रोटी तो तू हमारे बराबर खाता

है, फिर चारा क्यों नहीं उठाएगा बराबर? मैं तो दो बराबर-बराबर के गट्ठर बनाऊँगा। एक तुम उठाना और एक मैं।"

सुमित बोला, "नहीं भैया, मेरा गट्ठर छोटा ही रखना, नहीं तो मैं अभी वापस लौट जाऊँगा।"

रीतेश तो मजाक करके सुमित को चिढ़ा रहा था। सुमित उसको सही मानकर लौटने को ही तैयार होने लगा।

"तभी तो मैं तुम्हारे साथ नहीं आता हूँ। अच्छा मैं पागल बना खुद ही आने को तैयार हो गया। उस दिन भी तुमने···" सुमित ने कोई पुरानी बात याद दिलाते हुए वाक्य को अधूरा छोड़ दिया।

रीतेश ने पीछे मुड़ते हुए सुमित से कहा, "अरे बुद्धू, मैं तो मजाक कर रहा था। अपना गट्ठर तुम खुद बाँध लेना, जितना बड़ा चाहो। अब तो खुश हो?"

सुनकर सुमित के चेहरे पर मुसकराहट तैर गई।

इसी तरह बातें करते हुए वे खेतों की ओर बढ़ते जा रहे थे। अब वे अपने खेतों के पास पहुँचनेवाले थे। चलते-चलते सुमित थोड़ा पीछे रह

गया। रीतेश को ज्यादा आगे निकला देख सुमित ने भी अपने पैरों की गति बढ़ा दी।

अभी वे एक खेत के किनारे से होकर गुजर रहे थे।

अचानक एक बाघ, जिसे पहाड़ों में 'गुलदार' के नाम से जाना जाता है, पता नहीं कहाँ झाड़ियों के बीच से निकलकर रीतेश पर टूट पड़ा। एकदम से हुए इस हमले से रीतेश को सँभलने का कोई मौका नहीं मिला। गुलदार उसे झपट्टा मारकर गिराता हुआ आगे निकल गया।

यकायक आई मुसीबत से सुमित भी एकबारगी तो भौचक्का रह गया, लेकिन अगले ही क्षण वह दराँती लेकर गुलदार की ओर दौड़ पड़ा। रीतेश तो इस हमले से इतना घबरा गया था कि जमीन पर पड़ा चीख भी नहीं पा रहा था।

गुलदार ने पलटकर एक बार फिर रीतेश को अपना शिकार बनाने की सोची और उसने रीतेश को दबोच लिया। अब सुमित उसके पीछे था। सुमित ने गुलदार की पूँछ पकड़कर अपनी ओर पूरी ताकत से खींचा और हाथ में पकड़ी हुई दराँती से आगे बढ़कर उसके सिर पर एक जोरदार प्रहार कर दिया, जिससे उसके सिर पर एक बड़ा घाव हो गया। गुलदार ने रीतेश के हाथ को घायल कर दिया था और इस छीन-झपट में उसके कपड़े बुरी तरह फट चुके थे।

चोट खाकर अब गुलदार पलटा। अब उसने सुमित पर हमला कर उसको सबक सिखाने की ठानी। उसने जैसे ही सुमित पर आक्रमण करने का इरादा बनाया। उसने देखा कि सुमित दराँती पकड़े खुद उस पर हमला करने को तैयार है।

सुमित की आँखों में अपने भाई रीतेश को घायल करनेवाले के प्रति जरा भी हमदर्दी नहीं थी, बल्कि उसकी आँखों में क्रोध की आग जल रही थी। उससे आँखें मिलते ही गुलदार को यह एहसास हो गया था कि सुमित उसे छोड़ेगा नहीं।

अभी वह ऐसा सोच ही रहा था कि एक जोरदार प्रहार सुमित ने उस पर कर दिया।

यह देखकर गुलदार के पैर उखड़ गए। वह एकदम से तुरंत पलटा और जंगल की ओर भाग खड़ा हुआ। सुमित ने कुछ दूर तक तो उसे खदेड़ा और फिर वह वापस आ गया।

उसने देखा कि रीतेश के कपड़े फट चुके थे और उसके शरीर से खून बह रहा था। सुमित ने तुरंत उसे जितनी कर सकता था प्राथमिक सहायता दी और सहारा देकर गाँव की ओर चल दिया। यह अच्छा था कि इस हमले में रीतेश घायल तो हुआ, मगर अभी वह होश में था। वह दर्द से कराह रहा था।

आते समय कुछ लोगों की नजर उस पर पड़ी। वे तुरंत आ गए और उसे तुरंत इलाज के लिए अस्पताल ले जाया गया, जहाँ कुछ दिन के इलाज के बाद रीतेश स्वस्थ हो गया। अब वह सुमित का विशेष खयाल रखता। अगर सुमित चारा लाने के लिए साथ चलने के लिए न कहता या अचानक गुलदार के किए हमले के समय वह हिम्मत न दिखाता, तो···

आगे की बात सोचकर ही उसके शरीर में झुरझुरी होने लगती।

उसका यह जीवन अब सुमित की ही देन था। जब स्कूल में यह घटना पता चली तो प्रधानाचार्य ने सुमित और रीतेश को बुलाकर पूरी बात पूछी तथा सुमित को बहुत शाबाशी दी।

उन्होंने सुमित के इस अनुकरणीय साहसिक कार्य की घटना को आगे बढ़ाया। जिससे सुमित ममगाई को 2016 का 'संजय चोपड़ा' राष्ट्रीय बाल वीरता पुरस्कार देश के प्रधानमंत्रीजी द्वारा दिल्ली में प्रदान किया गया।

नन्हे दोस्तो,

हमने कब कहा, ये बहुत बलवान, शक्तिशाली हैं,
जब भी मौका मिला सामने,शान दिखा डाली हैं,
था जब वैसा वक्त, वीर थे वैसे तब दुनिया में,
देखो हमको, कहो, धरा वीरों से कब खाली है ?

□

भँवर ने लील लिया

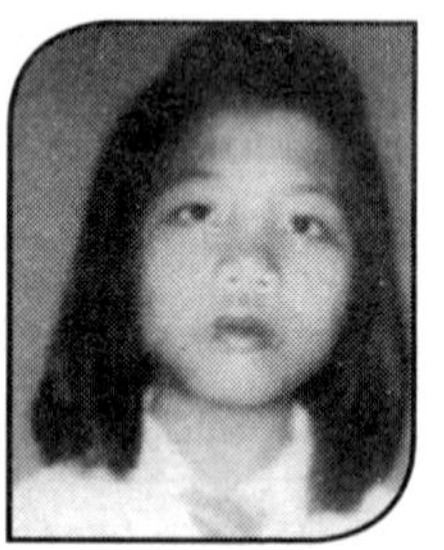
रोलुआपुई

उस दिन सुबह से ही मिजोरम राज्य की राजधानी आइजोल के उस सरकारी स्कूल के सारे बच्चे बहुत खुश थे, क्योंकि आज स्कूल की ओर से वे सभी पिकनिक मनाने जा रहे थे। उनके साथ स्कूल के अध्यापक व सहपाठी छात्र-छात्राएँ थीं।

साढ़े तेरह साल की रोलुआपुई चारों ओर खरगोश की तरह फुदकती घूम रही थी। उसने अपने घर से पिकनिक के लिए कुछ अलग खाना बनवाया था, जो वह पिकनिक में दोस्तों के साथ शेयर करना चाहती थी। स्कूल में तो वह रोज की तरह समय पर ही पहुँच गई थी, मगर उन्हें ले जानेवाली कारें व ट्रक अभी तक वहाँ नहीं पहुँची थीं।

जैसे ही किसी वाहन की आवाज या शोर सुनाई देता, सारे बच्चे दौड़कर देखने लगते कि कहीं वह हमें ले जानेवाली कार तो नहीं है। जब वह कोई दूसरा वाहन निकलता तो वे फिर साथियों के साथ खेल में लग जाते।

कुछ ही देर में फिर हार्न की आवाज सुनाई दी तो बहुत सारे बच्चे दौड़कर आ गए। इस बार सचमुच ही उन्हें ले जानेवाली कार थी। धीरे-धीरे एक-एक करके चार कारें और मैटाडोर ट्रक वहाँ आकर खड़ी हो गईं। कुल 68 बच्चे थे। उनके साथ जानेवाले अध्यापक अध्यापिकाओं ने बच्चों की लाइन लगवाकर उन्हें एक-एक कर बैठाना शुरू कर दिया।

आज बच्चों को पढ़ाई के अलावा घूमने का मौका मिलनेवाला था, जो वैसे तो उनकी पढ़ाई का ही हिस्सा था, लेकिन रोज से अलग, इसलिए बच्चों में खूब उत्साह था।

वे सब आज घूमने-कूदने-उछलने और धमाल मचानेवाले थे, अपने उन्हीं शिक्षकों के सामने, जो स्कूल में उन्हें हर समय चुपचाप शांत बैठकर पढ़ने के लिए कहते रहते थे।

रोलुआपुई सबसे पहले अच्छे बच्चे की तरह जाकर कार में बैठ गई। संयोग से उसे किनारे की सीट मिली थी।

उसने सोचा कि यह अच्छा हुआ, अब मैं कार में सवार होकर तेजी से चलते हुए बाहर की हरियाली, पेड़-पौधे, पशु-पक्षियों को देख सकूँगी। उनसे आगे भी निकल सकूँगी। घर में तो उसे कभी इस तरह बाहर जाने का मौका नहीं मिलता था, सो आज वह यहाँ दोस्तों के साथ खूब मस्ती करेगी।

वह सातवीं कक्षा की छात्रा थी, हँसमुख, चंचल, सबकी दोस्त।

वर्ष 2015 के मार्च की वह तीन तारीख थी। स्कूल की तरफ से पिकनिक का कार्यक्रम तुइवाल नदी के किनारे रखा गया था। अध्यापकों ने सभी बच्चों को एक दिन पहले और रास्ते में भी आवश्यक बातें बताई थीं कि कोई बच्चा बिना बताए कहीं दूर नहीं जाएगा, वे समूह में रहेंगे तथा कहना मानेंगे।

रास्ते में बच्चों ने खूब मजे किए। नदी के पास पहुँचकर बच्चों को एक बार फिर इकट्ठा कर उन्हें समझाया और फिर उन्हें मस्ती करने के लिए छोड़ दिया।

अब बच्चे अपने-अपने समूह में खेलने लगे। कुछ बच्चे घर से गेंद लाए थे, वे गेंद खेलने में मस्त हो गए। कुछ बच्चे आपस में समूह बनाकर अपनी-अपनी पसंद के खेलों में लग गए। लड़के लड़कों के साथ और लड़कियाँ अपनी सहेलियों के साथ समूह में व्यस्त हो गए। खुले आसमान के नीचे ताजी हवा और सुहाने मौसम में सबको बड़ा आनंद आ रहा था।

कुछ बच्चे, जो किसी समूह में शामिल नहीं हो सके थे, इधर-उधर घूम

रहे थे। उन्होंने देखा कि बच्चों को खेलता देखकर उनके अध्यापक भी एक ओर बैठकर बातों में लग गए और बीच-बीच में वे नजर उठाकर बच्चों को खेलता हुआ देख लेते थे।

रोलुआपुई के पिता

नजर बचाकर इन बच्चों का ये समूह नीचे नदी की ओर निकल गया। वे नदी के किनारे एक पत्थर पर चढ़कर उसे पार कर रहे थे, तभी उनमें से एक लड़की ललनुनपुई का पैर फिसल गया और वह सरकती हुई नदी के पानी में जा गिरी। उसका सरकते हुए उसके पास खड़े रौथरा को भी धक्का लगा और वह भी नदी में जा गिरा। साथ के बच्चों को तो मानों साँप सूँघ गया। एक पल के लिए तो वे सन्न रह गए, फिर एक साथ चिल्लाने लगे।

उस समय रोलुआपुई अपनी सहेलियों के साथ पास में ही खेल रही थी। चीख-पुकार का यह हो-हल्ला सुनते ही वह तुरंत नीचे की ओर भागी। उसने देखा कि ललनुनपुई नदी में पानी में बहती हुई भँवर की तरफ बढ़ रही है। उसने अविलंब उस 18 फीट गहरी नदी में छलाँग लगा दी।

वह तेजी से लहरों को काटती हुई ललनुनपुई के पास तक पहुँची। उसने ललनुनपुई को सहारा देते हुए किनारे की ओर धकेला, जहाँ ललनुनपुई के पैर किनारे की मिट्टी में जम गए और उसके साथियों ने सहारा देकर उसे पानी से बाहर खींच लिया।

उधर रोलुआपई ने पलटकर अब रौथरा को जा पकड़ा। उसे लेकर वह किनारे की ओर बढ़ी, मगर रास्ते में एक भँवर उसका रास्ता रोके खड़ी थी। उससे बचकर वह रौथरा को लिये किनारे की ओर बढ़ने लगी, तभी अचानक आई एक तेज लहर ने उसके पैर उखाड़ दिए।

जब रोलुआपुई को लगा कि वह लहर उसे बहाकर ही मानेगी उस समय उसे रौथरा को भी सँभालना पड़ रहा था तो उसने एक जोरदार धक्का मारकर रौथरा को किनारे की ओर धकेल दिया। अब खुद ही उसने लहर से बचने की ठानी, मगर अब तक लहर उसे बहाकर भँवर के हवाले कर चुकी थी। सबके देखते-देखते रोलुआपुई पानी के गोल दायरे में समाने लगी।

रौथरा को उसके साथियों द्वारा बाहर खींच कर बचा लिया गया।

अब तक सारे अध्यापक और बच्चे वहाँ पहुँच चुके थे, मगर तब तक देर हो चुकी थी किया भी क्या जा सकता था! खोजबीन में रोलुआपुई का मृत शरीर ही हाथ आ पाया। वह अपने दो साथियों की जान बचाने के लिए अपने प्राणों की आहुति दे गई थी। उसके इस निस्वार्थ और साहसिक प्रयास के लिए देश के प्रधानमंत्रीजी ने रोलुआपुई को 23 जनवरी, 2017 को मरणोपरांत 'राष्ट्रीय बाल वीरता पुरस्कार' से सम्मानित किया।

नन्हे दोस्तो,

माँ के मन में घाव रहेगा,
तुममें भी इक चाव रहेगा,
कैसे मर कर भी जीते हैं,
हम न रहे पर भाव रहेगा।

□

आग की लपटों में

तुषार वर्मा

किचन से माँ की आवाज आई, "तुषार बेटा, मैं रोटियाँ बना रही हूँ, गरम-गरम खा ले आ के।"

वे उसे दो-तीन आवाजें लगा चुकी थीं। उसके हाथ में एक कहानी की किताब थी, जिसमें एक रोचक कहानी थी, जिसे तुषार पूरी कर लेना चाहता था।

इस बार जब माँ ने आवाज लगाई, तब तक कहानी पूरी हो चुकी थी। किताब ठिकाने पर रखकर वह कमरे से निकला और किचन की ओर आ गया।

अभी वह खाना खाने के लिए बैठा ही था कि अचानक बाहर से आता अजीब सा शोर उसके कानों में पड़ने लगा।

उसे ऐसा लगा कि जैसे कई सारे लोग बचाव के लिए चिल्ला रहे हों।

"ये आवाजें कैसी हैं, मम्मी ?"—तुषार ने पूछा।

"हुँह, होगा कुछ··· तू खाना खा आराम से।"—माँ ने उससे कहा।

कुछ ही पलों में शोर कुछ बढ़ता हुआ मालुम हुआ। ऐसा लगा कि बहुत सारे लोग चिल्ला रहे हों। अब तुषार के लिए खुद को रोक पाना मुशकिल हो रहा था।

उसने हाथ में लिये कौर को वापस थाली में रख दिया। वह थाली छोड़कर उठ खड़ा हुआ।

"मम्मी, मैं अभी आया।" कहता हुआ, वह तीर की तरह घर से बाहर की ओर भागा।

माँ पीछे से चिल्लाती ही रह गई—"अरे तुषार, रुक तो···खाना तो खाता जा।"

यह लड़का भी न··· कब से खाने के लिए बुला रही थी इसे, इतनी देर में अब आया भी तो खाना छोड़कर भाग गया।

मगर उनकी बातें सुनने के लिए तुषार अब वहाँ था कहाँ? वह तो घर से बाहर निकलकर शोर वाली दिशा में तेजी से भागे जा रहा था। इस समय रात के लगभग नौ बज रहे थे। बाहर अँधेरा हो चुका था। लोग घरों में लेट गए थे या फिर लेटने की तैयारी कर रहे थे।

यह देश में 'धान का कटोरा' कहे जानेवाले छत्तीसगढ़ राज्य में बेमेतरा जिले का हरदी नाम का गाँव था।

वह घर से निकलकर तेजी से शोर की ओर भागा जा रहा था। उसने देखा कि यह शोर उसके घर से पाँच-छह घर की दूरी से आ रहा था। उधर से उसे तेज रोशनी चमकती दिखाई दी और लोगों का हड़बडाहट भरा शोरगुल सुनाई दिया। उसने अंदाजा लगाया कि जरूर कहीं आग लग गई है।

तुषार तेजी से लंबे-लंबे कदम रखता हुआ कुछ ही देर में वहाँ जा पहुँचा।

वहाँ पहुँचकर उसने देखा कि भुलूराम वर्मा के घर के साथ बनी कोठरी के छप्पर में आग लगी हुई है। लोगों की भीड़ में घुसकर रास्ता बनाता हुआ वह अंदर की ओर गया तो उसने पाया कि छप्पर वाली उस कोठरी में तीन गाय और दो बैल बँधे हुए थे। उसके आगे अंदर की ओर सूखी लकड़ियाँ और ढ़ेर सारा भूसा भी रखा हुआ था।

उसे पता था कि उस घर में एक बूढ़ा और एक बूढ़ी भी रहते थे।

लोग बातें कर रहे थे—"पता नहीं कैसे आग लगने की शुरुआत हुई, परंतु जब आग ने जोर पकड़ा तथा लपटें निकलने लगीं तो किसी ने देखा,

फिर शोर मचा और लोग दौड़ पड़े।"

उनके शोरगुल की आवाजें सुनकर घरों के अंदर लेटे-बैठे पड़ोसी भी अपने-अपने घरों से निकलकर अब तक बाहर आ गए। उन्होंने जल्दी-जल्दी पशुओं को आग की पहुँच से बाहर निकाला और उपलब्ध पानी से वे आग बुझाने में लग गए।

यही वह समय था, जब तुषार वहाँ पहुँचा था। लोग बाल्टी या जो भी बरतन हाथ आया, उसमें पानी भर-भरकर ला रहे थे और जलती लपटों पर डाल रहे थे। आग कोठरी के छप्पर में पकड़ चुकी थी, इसलिए ऊँची-ऊँची उठती लपटों की ऊँचाई तक उनका फेंका वह पानी नहीं पहुँच पा रहा था। तभी किसी ने कहा कि अगर कोई छत पर चढ़कर ऊपर से पानी डाले तो आग जल्दी बुझ जाएगी।

तुषार ने अपनी भूमिका तय कर ली। वह दौड़कर गया और बाँस की सीढ़ी खोजकर ले आया, दीवार के सहारे लगाकर वह तुरंत उस पर चढ़ गया और आँगन की दीवार पर खड़े होकर लोगों से पानी पकड़ाने के लिए कहने लगा।

लोगों ने जब देखा कि नीचे से उनकी पहुँच आग तक नहीं हो पा रही है, तो उन्होंने आगे बढ़कर तुषार को पानी पकड़ाना शुरू कर दिया।

अब तुषार ने उनसे बाल्टियाँ ले-लेकर ऊपर से लपटों पर पानी डालना शुरू कर दिया। जो सीधा आग के निचले तल तक तक पहुँच रहा था। लपटें कुछ कम हुईं। लोग नीचे से तुषार का हौसला बढ़ा रहे थे। वे उसे पानी डालने की जगह भी बताते जा रहे थे। हाँ, शाब्बाश तुषार! अब इधर को डाल।

मगर मुश्किल यह थी कि कहीं भी पानी भरा हुआ नहीं रखा था, जिससे कि वह जल्दी-जल्दी आ जाता। हैंड पंप को चलाकर पानी भरा जा रहा था, मगर यह अच्छा था कि कई लोग बाल्टियाँ लिये हुए थे। कुछ खुद अपने-अपने घरों से तो कुछ पड़ोस के घरों से पानी निरंतर ला रहे थे।

लगातार आग पर पानी पड़ने से आग की भीषणता कम हो गई। उसकी ऊपर की ओर लपलपाती हुई लपटें कुछ कम हुई, मगर जहाँ ज्यादा पानी

पड़ा वहाँ से अब धुआँ निकलना शुरू हो गया था, जो नीचे के लोगों को कम, पर ऊपर खड़े तुषार को ज्यादा परेशान कर रहा था। हवा के साथ आता वह धुआँ सीधा उसकी आँखों में लग रहा था।

हालाँकि इस समय तुषार को इससे बहुत परेशानी हो रही थी, मगर वह लगातार तीन घंटे तक इस आग बुझाने की मुहिम में वहाँ डटा रहा और तब तक वहाँ से नहीं हटा, जब तक कि वह आग पूरी तरह शांत न हो गई।

लोगों ने देखा कि इस दौरान वह आग की लपटों से झुलस कर घायल भी हो गया, मगर तुषार ने इसकी परवाह नहीं की और आग पूरी तरह शांत हो जाने पर ही नीचे उतरा। तुषार ने अपने साहसिक और निस्वार्थ कार्य से लोगों के सामने एक आदर्श रखा।

लोगों ने तुषार के इस साहसिक कार्य की न केवल सराहना की, बल्कि उसका नाम राष्ट्रीय बाल वीरता पुरस्कार के लिए भारतीय बाल कल्याण

परिषद, नई दिल्ली में प्रस्तावित किया। जहाँ एक उच्च स्तरीय कमेटी ने उसका नाम चुन लिया।

23 जनवरी, 2017 को देश के प्रधानमंत्रीजी ने राजधानी दिल्ली में तुषार को 'बापू गयाधानी' राष्ट्रीय बाल वीरता पुरस्कार प्रदान किया। राजपथ पर गणतंत्र दिवस की परेड में जब तुषार देश के अन्य हिस्सों से चुने हुए बहादुर बच्चों के साथ जीप में बैठकर गुजरा तो सारे देश ने उसके साहस को सलाम किया।

नन्हे दोस्तो,

सोचो मत, आगे बढ़ आओ, कर लो मन का खेला,
कौन कहाँ कैसे मिल जाए, जीवन बहता रेला,
बस जाएँ मन की यादों में कुछ ऐसा कर जाएँ,
बूँद गिरे गल जाए, ये जीवन है माटी का ढ़ेला।

□

भाई की रक्षक

"सुनो, लालरियातपुई बाजार चलना है क्या?" उसके बड़े भाई कल्विन ललमुआन ओमा ने पूछा।

"हाँ, चलना तो है, पर भैया, लौटोगे कितनी देर में?" लालरियातपुई ने अपने दो साल के नन्हे चचेरे भाई ईसक के साथ खेलते हुए सवाल किया।

एच. लालरियातपुई

"अंकल के लिए गैस का सिलेंडर और चावल लेने चलना है। बस, लौट आएँगे जल्दी ही! चलना हो तो बताओ? अगर खेल रही हो तो खेलो। मैं अकेला चला जाता हूँ। बोलो... ?" बड़े भाई ने लालरियातपुई की ओर देखते हुए कहा।

"अरे भइया, आप तो बड़ी जल्दी कर रहे हो। सोच तो लेने दो मुझे जरा।" लालरियातपुई ने बड़े भाई से लडियाते हुए कहा।

साढ़े तेरह साल की लालरियातपुई अपने बड़े भाई से अकसर ऐसे ही बोलती थी।

बड़े भाई ने सोचा कि लालरियातपुई के साथ चलने से थोड़ी मदद हो जाएगी। वैसे भी वह खाली बैठी अपने भाई ईसक के साथ खेल रही थी।

तभी लालरियातपुई अपनी अंगुली से उसकी ओर इशारा करते हुए बोल पड़ी, "भैया, चलूँगी तो जरूर, पर मेरी एक शर्त है।"

बड़े भाई ने मुसकराते हुए पूछा, "शर्त, कैसी शर्त?"

"यही कि मैं चलूँगी तो यह नन्हा भैया भी हमारे साथ बाजार चलेगा।" कहते हुए लालरियातपुई ने उसे गोद में उठा लिया।

बड़े भाई ने बुरा सा मुँह बनाते हुए कहा, "हूँह, तो ये बात है। देवीजी बोल तो ऐसे रही हो, मानो बाजार जाकर हम पर बहुत बड़ा एहसान कर रही हैं। बजाय मदद के मुझे तो तुम्हें भी सँभालना होगा।"

"ऐसा, तो फिर रहने दो, मैं यहीं ईसक के साथ खेलती हूँ।"लालरियातपुई मुँह बनाते हुए बोली।

"अरे नहीं, मैं तो मजाक कर रहा था। अच्छा, अब तो चलो, महारानीजी!"

लालरियातपुई बड़े भाई के साथ-साथ नन्हे ईसक को लेकर बाहर की ओर चल दी।

नन्हा ईसक उसके लिए एक खिलौना सा था। सारे दिन वह उसे गोद में उठाए घूमती रहती थी। कई बार उसके रोने पर तो वह घर के लोगों से भी लड़ जाती थी।

ईसक जब भी रोता तो उसके आस-पास के लोग देखने लगते, अभी लालरियातपुई आ रही होगी, जहाँ भी होगी।

ऐसे में भैया के साथ बाजार जाने में भी वह ईसक को साथ ले जाने लगी तो उसके बड़े भाई ने आपत्ति नहीं की। उन्हें पता था कि लालरियातपुई मानेगी नहीं। उसे बाजार न जाना तो मंजूर था, मगर बिना ईसक के नहीं।

लालरियातपुई के ईसक के साथ बैठते ही उसके बड़े भाई ने कार स्टार्ट कर दी। जल्दी ही वे बाजार में पहुँच गए।

देश के उत्तर पूर्वोराज्य मिजोरम की वह 16 मार्च की सुबह थी। मौसम एकदम साफ था। अपनी जरूरत का सामान बड़े भाई ने लिया। उन्हें इसके लिए दो-तीन जगह जाना पड़ा। इस बीच लालरियातपुई ईसक के साथ कार में ही बैठी बाहर के दृश्य देखती रही। जैसे ही कोई मोटर बगल से गुजरती उसकी आवाज से नन्हा ईसक चौंक जाता। बाजार में तरह-तरह की रंगबिरंगी चीजें दिखाई दे रही थीं। लालरियातपुई ईसक को उनके बारे में बताती जा रही थी। ईसक भी उसकी बातों का अपनी भाषा में खुश होकर जबाब दे देता, मानो वह सबकुछ समझ रहा हो। उसकी हँसी देखकर लालरियातपुई खूब खुश हो रही थी।

बड़े भाई बाजार से चावल, रसोई गैस का सिलेंडर और उसके साथ घर की जरूरत के सामान को लेकर कार से घर वापस आने लगे। घर के पास पहुँचकर उन्होंने कार रोक दी। बड़े भाई ने कार से सामान उतारना शुरू कर दिया। लालरियातपुई भी नीचे उतर आई। कुछ सामान उसने भी उतरवा कर नीचे रखवाया।

अचानक, न जाने कैसे ढलान पर खड़ी कार फिसलने लगी। ईसक कार के अंदर ही था। बड़े भाई, जो सिलेंडर उतार रहे थे, उसे छोड़कर कार को रोकने के लिए दौड़े। लालरियातपुई भी उनके साथ थी। उन दोनों ने उसे रोकने की बहुत कोशिश की, मगर इस बीच ढलान होने के कारण कार की गति तेज हो चुकी थी। अब उसे रोकना उनके बस की बात न थी।

यह समझकर कि अब अगर इसके पीछे से न हटे तो उनकी जान को खतरा हो सकता है। बड़े भाई ने अलग हटते हुए लालरियातपुई को भी अलग हटने के लिए कहा। जो उनके साथ लगी पूरी ताकत से उसको रोकने की कोशिश कर रही थी।

बड़े भाई के हिम्मत हारने के बावजूद लालरियातपुई कार रोकने का प्रयास करती रही। कार ढलान से सरकती हुई खतरनाक होती जा रही थी। उसमें बैठा ईसक भी अब रोने लगा था। यही बात लालरियातपुई को परेशान कर रही थी।

उसने ईसक को बचाने के लिए कार का दरवाजा खोलने का प्रयास किया। दरवाजा थोड़ा सा खुल भी गया, मगर उसकी चपेट में आकर लालरियातपुई जमीन पर गिर गई। ढलान पर तेजी से फिसलती कार का दूसरा पहिया उसके ऊपर से होकर निकल गया।

यह सब एकदम इतनी तेजी से हुआ कि बड़े भाई को कुछ भी कर पाने का मौका नहीं मिल सका। जब तक वे सँभलते, लालरियातपुई गंभीर रूप से घायल हो चुकी थी। उन्होंने उसे तुरंत उठाया और दौड़ते हुए अस्पताल ले गए। इस दुर्घटना में उसे कुछ ऐसी चोटें लगीं कि डॉक्टरों की तमाम कोशिशों के बावजूद उसे बचाया नहीं जा सका।

अपने अपार साहस और कर्तव्यपरायणता के चलते लालरियातपुई ने ईसक की जान बचाने के प्रयास में अपने प्राणों का बलिदान दे दिया। जिसने भी सुना वह 'हाय' करके रह गया।

नन्हीं लालरियातपुई को इस साहस के लिए मरणोपरांत 'बापू गयाधानी' राष्ट्रीय बाल वीरता पुरस्कार के लिए चुना गया।

23 जनवरी, 2017 को जब देश के प्रधानमंत्रीजी ने लालरियातपुई के माता–पिता को दिल्ली में यह पुरस्कार दिया तो अपनी बहादुर बेटी की याद में उनके आँखें नम हो गईं।

नन्हे दोस्तो,

यह जीवन है बहुत छोटा, इसे गहरा बनाएँ हम,
मुसीबत में हो गर कोई तो उसके काम आएँ हम,
फकत इक जान अपने पास, जो जानी ही है इक दिन,
उसे देकर कोई अपना अगर बचता, बचा लें हम।

□

सहेली के लिए

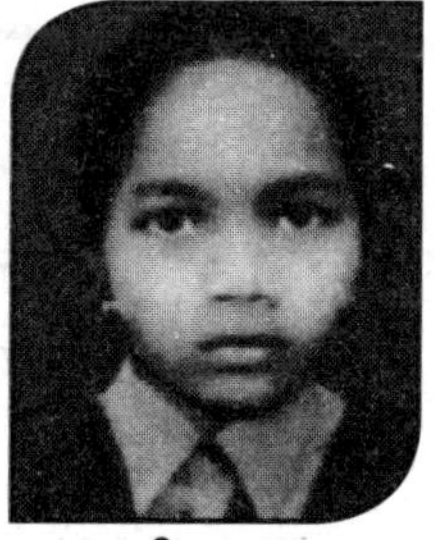
नीलम ध्रुव

"चल टिकेश्वरी, खेलने को चल रही है?" उसकी बहन तनीषा ने उससे टहोका मारकर पूछा।

"कहाँ?" प्रश्न करते हुए टिकेश्वरी उठ खड़ी हुई।

"अरे, यहीं शीतला तालाब के पास, और कहाँ चलेंगे ऐसी गरमी में?" जबाब देती हुई तनीषा आगे बढ़ गई।

वे दोनों बातें करती हुई गाँव के शीतला तालाब की ओर बढ़ने लगीं। दोपहर की धूप की तेजी अब थोड़ी कम हो रही थी।

झुलसती हुई गरमी की वर्ष 2016 के मई महीने की वह 19 तारीख थी।

'धान का कटोरा' कहे जाने वाले छत्तीसगढ़ राज्य के जिले धनतरी का वह एक छोटा सा गाँव था। जिसका नाम था मुजगहन।

मुजगहन में लगभग पाँच एकड़ में फैला था, वह शीतला तालाब।

लोग उसमें नहाते, कपड़े धोते, जानवरों को पानी पिलाते, मगर मई के महीने की उस तपती गरमी की दोपहर में सब अपने-अपने घरों में छिपे थे। हाँ, जिन्हें कोई काम था और जो घर से बाहर थे, वे छाया और पानी की तलाश में थे। उस समय शीतला तालाब के किनारे कुछ जानवर सुस्ता रहे थे और कुछ तालाब के उस पानी को पीकर खुद को शीतल कर रहे थे।

पास में ही कुछ बच्चे पहले से वहाँ खेल रहे थे या तालाब के किनारे पेड़ों

के नीचे बैठे थे। सूरज पश्चिम की ओर बढ़ते जा रहा था। शाम होने जा रही थी, मगर फिर भी अभी काफी रोशनी थी। तालाब के किनारे बने पास के घरों से कुछ इक्का–दुक्का लोग झाँक रहे थे।

ऐसे में चार साल की टिकेश्वरी अपने साथियों के साथ वहाँ खेल रही थी, छूने और दौड़ने के खेल में जैसे ही खेलते–खेलते तालाब के किनारे पहुँची, अपनी ही झोंक में दौड़ती हुई चलती चली गई तथा वह तालाब में जा गिरी। उसके गिरने से 'छपाक' की आवाज हुई। सबकी निगाहें उस ओर उठती चली गईं।

यह आवाज सुनकर वहीं खड़ी नीलम चौंक पड़ी। वह भी टिकेश्वरी की बहन मनीषा के साथ खेल रही थी। उसने पलट कर देखा तो टिकेश्वरी पानी में डूब चुकी थी। बस पानी के ऊपर उसके बाल दिख रहे थे।

चौथी कक्षा में पढ़नेवाली आठ साल की नीलम ध्रुव ने अपने चारों ओर देखा। उसके बगल में टिकेश्वरी की बड़ी बहन तनीषा खड़ी थी, वह नीलम से दो साल छोटी थी, मगर उसकी समझ में नहीं आ रहा था कि वह क्या करे और दूसरे बाकी लोग भी उस समय दूर–दूर थे।

नीलम ने अपना काम सोच लिया। वह दौड़ती हुई गई और शीतला तालाब में कूद गई। नीलम के कूदने से एक बार फिर 'छपाक' की आवाज हुई। अचानक हुई ये आवाजें और शोर को सुनकर पास के घरों के अंदर से लोग बाहर निकल आए।

उधर नीलम पानी में तैरती हुई टिकेश्वरी की ओर बढ़ती जा रही थी। उस समय उसे यह नहीं पता था कि जिस जगह की ओर वह बढ़ती जा रही है, वहाँ तालाब की गहराई लगभग आठ फीट तक थी, मगर

उसे इससे क्या? वह तो उस समय तेजी से टिकेश्वरी की ओर बढ़ रही थी।

उसका एकमात्र लक्ष्य इस समय टिकेश्वरी को डूबने से बचाना था।

बात की बात में नन्ही नीलम मछली की तरह तैरती हुई, टिकेश्वरी के पास जा पहुँची। उसने टिकेश्वरी के बालों को अपने हाथ में पकड़ा और उसे किनारे की ओर लेकर बढ़ने लगी।

मगर यह इतना आसान नहीं था। पानी के अंदर से निकली टिकेश्वरी की साँस फूल चुकी थी। उसके पेट में पानी भी जा चुका था। बालों से सहारा पाकर जैसे ही वह पानी के ऊपर आई, वह हड़बड़ाकर बचने के लिए नीलम को पकड़ने के लिए झपट पड़ी।

मगर नीलम ने खुद को तो किसी तरह बचाया, पर उसे छोड़ा नहीं। धीरे-धीरे बड़ी मुशकिल से नीलम किसी तरह टिकेश्वरी को तालाब के किनारे तक लेकर आई।

इस बीच शोरगुल सुनकर आसपास के कई लोग और पास के घरों में रहने वाले लोग दौड़कर तालाब के किनारे जमा हो गए थे।

उनमें सामने के घर में रहनेवाली विशाखा अग्रवाल भी थीं। जिन्हें नीलम टिकेश्वरी और आसपास के बच्चे बड़ी माँ कहते थे। उन्होंने हाथ आगे बढ़ाकर सहारा दिया और दोनों बच्चों को किनारे से ऊपर खींच लिया।

टिकेश्वरी को पेट का पानी तुरंत निकालकर प्राथमिक सहायता दी गई। सबने नीलम के साहस और उसकी कर्तव्यपरायणता की भूरि-भूरि प्रशंसा की। उसने अपने साहस और बुद्धि से तालाब में कूदकर अपनी सहेली को बचा लिया था। उसकी यह वीरता अजानी ही रह जाती, मगर वहीं पास में रहनेवाले पत्रकार रामेश्वर ने इस घटना का विवरण स्थानीय समाचार-पत्र 'प्रखर समाचार' में दे दिया। जहाँ से इस घटना को संज्ञान में लेकर 'दैनिक भास्कर', 'नवभारत', 'देशबंधु' आदि अखबारों ने इसे प्रकाशित किया।

नन्ही बच्ची की असाधारण बहादुरी के बारे में जान कर तत्कालीन जिले के कलेक्टर भीमसिंह प्रभावित हुए बिना न रह सके। उन्होंने नीलम को पाँच

हजार रुपए का चेक पुरस्कार स्वरूप प्रदान किया।

नीलम का नाम राष्ट्रीय वीरता पुरस्कार के लिए दिल्ली प्रस्तावित किया गया। और जब उसका नाम इस पुरस्कार के लिए घोषित हुआ तो एक बार फिर जिले के कलेक्टर आर.सी. प्रसन्ना ने नीलम को उसके घर पर आकर पाँच हजार रुपए की धनराशि नकद देकर शुभ समाचार सुनाया।

नन्हीं नीलम अपनी माँ के साथ जब यह पुरस्कार प्रधानमंत्रीजी से लेने दिल्ली गई तो वहाँ उसकी मुलाकात उसके जैसे ही चुने हुए देश के कोने-कोने से आए बहादुर बच्चों से हुई। जिनसे मिलकर वह बहुत खुश हुई।

नन्हे दोस्तो,

खेल-खेल में खेल हो गया, कभी नहीं जो सोचा,
जहाँ कभी सोचा भी न था, दिया वहाँ पर पहुँचा,
जीवन में पल आते ऐसे, हमें बदल सकते हैं,
निर्भर करता है इस पर, हम उस क्षण क्या करते हैं?

□

साँप से सामना

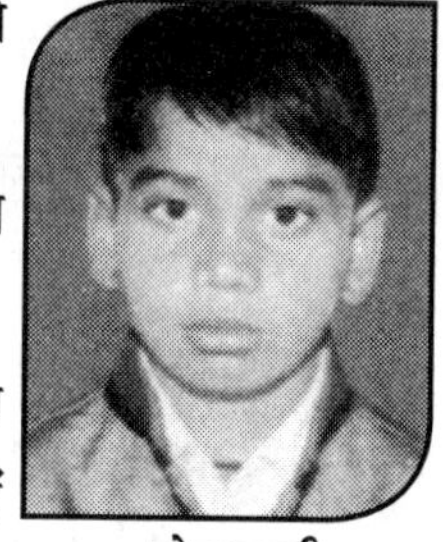
सोनू माली

"सोनू, कितनी देर है ?" उसके घर के बाहर से उसके दोस्त अशोक की आवाज आई।

"हम तो तैयार हैं।" सोनू ने अपना स्कूल बैग उठाते हुए कहा।

"तो फिर चलो, देर किस बात की ?" मुनिराज जो अपना बैग लेकर उधर ही आ रहा था, इनकी बातें सुनकर बोला।

अब वे तीनों मिलकर स्कूल की ओर चल दिए।

अगली गली में मुड़ते ही अशोक बोला, "नाहर को भी देख लेते हैं।"

"नहीं यार चलो, सीधे चलते हैं। ये नाहर और महेंदर रोज देर करवा देते हैं स्कूल को।" मुनिराज जल्दी से बोला।

"अरे चलो, ले लेते हैं साथ में। अभी तो सरजी भी नहीं आए होंगे स्कूल में…अभी टाइम है।" अशोक बोला।

"आ गए होंगे सरजी। उनकी बाइक सही टाइम पर आ जाती है। एकदम घड़ी मिला लो।" मुनिराज ने कहा।

अभी वे आपस में ये बातें कर ही रहे थे कि लोकेश, लाखन और बिजेंदर आकर उनसे मिल गए। वे पाँच-छह साल की आयु वर्ग के छोटी कक्षा के छात्र थे, और आमतौर पर अपने समूह में ही रहते थे।

सामने ही नाहरसिंह का घर था।

सोनू ने बाहर से आवाज लगाई—"स्कूल चल रहा है, नाहर?"

"हाँ, चल रहे हैं हम दोनों।" नाहर के घर से साथ-साथ बाहर निकलते हुए महेंदर ने आवाज लगाई।

"अरे, महेंदर तो यहीं है! अब तो आज देर नहीं होगी।" अशोक ने खुशी जताते हुए कहा।

अब वे सारे बच्चे झुंड बनाकर स्कूल के लिए चल दिए।

यह राजस्थान के करौली जिले का मनोहरपुरा गाँव था। गाँव में स्कूल नहीं था। लगभग एक किलोमीटर दूर बने उस स्कूल में पढ़ने जाने के लिए बच्चे ऐसे ही एक साथ मिल जुलकर रोज निकलते थे।

यह वर्ष 2015 के सितंबर महीने की 21 तारीख की घटना है। उस दिन वे सारे बच्चे एक साथ समय पर स्कूल पहुँच गए।

दैनिक प्रार्थना-राष्ट्रगान के बाद विधिवत कक्षाएँ शुरू हो गईं। बच्चे नीचे दरी पर बैठकर अपना कक्षा-कार्य निपटाने लगे।

ब्लैक बोर्ड पर लिखकर पहले तो अध्यापक ने उन्हें समझाया और फिर उसे लिख लेने को कहा। बच्चे उसे समझकर कॉपी पर उतारने लगे।

जिन बच्चों ने जल्दी से काम पूरा कर लिया, उनमें अपनी काँपियों की जाँच करवाने की होड़ लग गई। अध्यापक ने उसे जाँचा और गलत लिखे शब्दों को दोबारा लिखकर लाने के लिए कहा। यह सब करते-करते लंच का समय हो गया था।

आधी छुट्टी की घंटी बजते ही बच्चे बाहर मैदान की ओर दौड़ पड़े। कुछ बच्चे जो अपने साथ घर से खाना लाए थे, उसे खाने लगे और बाकी बच्चे खेल में लग गए।

स्कूल गाँव के बाहरी हिस्से में बना था। पिछले काफी समय से उसकी पीछे की दीवार टूटी थी। उसमें लगा जंगला भी टूटकर गिर गया था। उस ओर झाड़ियाँ भी उग आई थीं, सो बच्चे उस ओर खेलने नहीं जाते थे। वे सामने मैदान में खेलते थे।

सोनू, अरुण, रोहताश, लोकेश आपस में काफी देर तक गेंद से खेल खेलते रहे, जो वे घर से लेकर आए थे। अरुण की बारी आई, तभी कक्षा शुरू होने की घंटी बज गई।

"अरे यार, मेरे नंबर पर ही घंटी बज गई। अब कल मुझे पहली बज्जी देना।" अरुण ने निराश होते हुए कहा।

सब ने हामी भर दी। अब वे सब फिर एक बार कक्षाओं में आकर बैठ गए।

एक बार फिर पढ़ाई का दौर चला।

छुट्टी से पहले उनके अध्यापक ने उनका गोल घेरा बनाकर पहाड़ों को याद करने का काम सौंपा। उनमें से एक बच्चा उठकर जोर-जोर से पहाड़े पढ़ने लगा, जिसे बाकी बच्चे दोहरा रहे थे। इस तरह समूह में सबको एक साथ पहाड़े याद हो रहे थे।

सोनू को अपनी मजदूर माँ की याद आ गई, जो उसे मन लगाकर पढ़ने के लिए कहती। पिता की तो उसे याद भी नहीं थी। जब वह छोटा सा था, तभी वे गुजर गए थे।

यही कारण था कि वह मन लगाकर पढ़ाई करता था। स्कूल में दिए गए काम को अपने बड़े भाई पिंटू या उससे भी बड़ी बहन मनीषा से मिलकर जरूर पूरा कर लेता था।

उसे गुमसुम-सा देखकर अध्यापक ने टोक दिया, "सोनू, तुम्हारा ध्यान किधर है?"

"कुछ नहीं सर, कुछ नहीं, मैं यहीं हूँ।" सोनू ने हड़बड़ाकर जबाब दिया। उसे सुनकर बाकी बच्चे ठहाका मारकर हँस दिए थे, मगर अध्यापक की त्योरियाँ देखकर चुप हो गए।

अचानक अध्यापक की नजर अपनी घड़ी की ओर गई। उन्होंने देखा कि छुट्टी का समय हो चुका था। उन्होंने कक्षा के बड़े बच्चों की ओर इशारा करते हुए कहा।

"देखो अरुण, रोहताश, लोकेश छुट्टी का टाइम हो गया है, तुम यह दरी जिस पर बैठे हो और जो उधर दूसरी पड़ी हैं, उन्हें मोड़ कर ऑफिस में रख देना, तब जाना घर, समझे!"

उन बच्चों ने सिर हिलाया तो अध्यापक रजिस्टर पर साइन करने के लिए ऑफिस की ओर चल दिए और बाकी बच्चे अपने बस्ते समेटने लगे।

अरुण, रोहताश, लोकेश, सोनू और कुछ बच्चे उधर पड़ी दूसरी दरी को उठाने चल दिए। जैसे ही उन्होंने दरी उठाई, तो उनके होश उड़ गए। उसके नीचे करीब चार फीट का एक कोबरा साँप निकलकर फुँफकारने लगा।

पता नहीं कब से वह स्कूल के पीछे की झाड़ियों से होता हुए उस जगह को सुरक्षित मानकर उस दरी के नीचे दुबका हुआ था।

छेड़े जाने के कारण वह क्रोधित हो चुका था। उसे देखकर बच्चों में भय, चिंता और कँपकँपी छूट रही थी। स्थिति ऐसी थी कि वे अपने बचाव के लिए किसी बड़े को भी नहीं बुला सकते थे।

अभी तुरंत कुछ-न-कुछ करना था। वे कुछ सोच पाते, तभी साँप फन फैलाकर झुकाई देता हुआ एक ओर को सरका। बच्चों के समूह में एकदम से हलचल मच गई। साँप जिस ओर बढ़ा था, दुर्योग से उधर कक्षा दो में पढ़नेवाला धर्मेंद्र माली था। उसके पास इतना समय नहीं था कि वह भाग पाता। दरी उठानेवाले बच्चे डर कर पहले ही वहाँ से भाग चुके थे।

काला कोबरा फन उठाकर अपने फन का जहर पलटकर धर्मेंद्र के शरीर में डालता, सोनू ने बिजली की फुरती धर्मेंद्र को उसके सामने से हटाकर अपनी गोदी में खींच लिया और कोबरे का वार खाली चला गया। बच्चों का शोर सुनकर साँप घबरा गया और तेजी से सरकता हुआ झाड़ियों में समा गया।

बच्चों के साथ भागकर आते हुए शिक्षक ने यह सब देखा। वे कक्षा पाँच में पढ़नेवाले नौ साल के नन्हे सोनू की बहादुरी देखकर दंग रह गए।

सभी ने उसकी तुरत बुद्धि और हिम्मत की सराहना की। उसका नाम बहादुरी के पुरस्कार के लिए भेजा गया। इतने छोटे बच्चे के साहसपूर्ण कारनामें

से अपने साथी की जान बचा लेने की इस घटना ने सभी को प्रभावित किया। उसे वीरता पुरस्कार के लिए चुन लिया गया।

सोनू की इस बहादुरी और साहस के लिए देश के प्रधानमंत्रीजी ने उसे राजधानी में 'राष्ट्रीय बाल वीरता पुरस्कार' प्रदान किया।

नन्हे दोस्तो,

नन्हे-नन्हे हाथ हमारे, नन्हे दिल अरमान,
नहीं चाहते धन-दौलत, नन्हीं अपनी पहचान,
अगर किसी को खुशी मिले तो हो जाएँ कुर्बान,
हाजिर अपनी खुशियाँ तुम पर, हाजिर दिल और जान।

□

कपड़े के सहारे

"कितनी देर में निकल रहे हो घर से?" मोहन सेठी ने अपने दोस्त सव्यसाँची के घर के बाहर से आवाज लगाई।

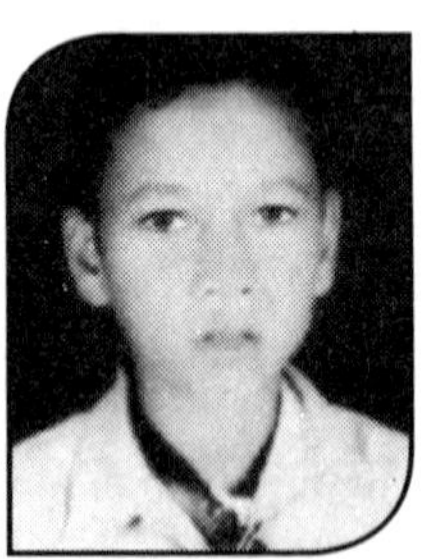

मोहन सेठी

"अभी आया।" अंदर से उसकी आवाज आई।

"यह मेरा भैया प्राथो भी तैयार हो गया। कह रहा है कि मैं भी चलूँगा। मैंने सोचा इसे भी ले लें।" सव्यसाँची ने मोहन को घर में अंदर आते देखकर जल्दी से कहा।

"कोई बात नहीं, चलने दो, क्या हुआ? वैसे शाम को सुचित्रा भाई ने भी कहा था चलने के लिए। ठीक है, चारों लोग साथ चलते हैं, खूब मजा आएगा।" मोहन सेठी ने खुश होते हुए कहा।

दरअसल उन्होंने आज नदी में नहाने का प्लान बनाया था, इसीलिए सुबह-सुबह मोहन सेठी अपने हमउम्र सव्यसाँची को बुलाने उसके घर पर आ गया था। वे दोनों एक ही स्कूल की सातवीं कक्षा में पढ़ते थे।

उनके घर ओड़िसा राज्य के कटक जिले में अढ़ंबरू गाँव में थे। नदी उनके गाँव से बमुश्किल आधा किलोमीटर की दूरी पर रही होगी। नदी का नाम था—गेंगुटी।

वे तीनों घर से बातें करते हुए बाहर निकले। थोड़ी दूरी पर ही सुचित्रा सेठी का घर था। मोहन ने आवाज दी तो सुचित्रा तैयार ही बैठा था। वह तुरंत

निकलकर आ गया। बोला, "मैं तो इंतजार ही कर रहा था तुम लोगों का। चलो···"

सुचित्रा, मोहन और सव्यसाँची से दो साल बड़ा था। वे चारों बातें करते-करते जरा सी देर में नदी के किनारे पहुँच गए। नदी के किनारे कुछ और लोग भी थे। सव्यसाँची को चूँकि तैरना नहीं आता था, सो वह कल शाम से ही मोहन के पीछे-पीछे लगा था। सुचित्रा ने उससे कहा भी कि डरने की क्या बात है। तुम घाट के किनारे-किनारे ही रहना, ज्यादा अंदर की ओर मत जाना! और फिर मैं हूँ न···

घाट के किनारे पहुँचकर वे सब कपड़े उतारकर नदी में घुस गए। घाट के पास ही नदी के पुल के निर्माण का काम भी चल रहा था। जिसका सामान काफी बड़े इलाके में इधर-उधर बिखरा हुआ था।

वे चारों नदी में नहाने लगे। आपस में एक-दूसरे पर पानी उछालकर मस्ती करते उन्हें काफी देर हो गई थी। वर्ष 2015 के जून महीने की वह 28 तारीख थी। गरमी की वजह से उन्हें पानी में ही बने रहने में खूब आनंद आ रहा था, क्योंकि बाहर निकलते ही उन्हें फिर वही गरमी की तपन झेलनी थी। इसलिए वे ज्यादा-से-ज्यादा समय नदी में ही रहकर बिताना चाहते थे। मोहन और सुचित्रा कई बार बाहर निकलकर घर चलने के लिए कह चुके थे, मगर सव्ससाँची और प्राथो का मन अभी थोड़ी देर और पानी में बने रहने को कर रहा था। "भैया, बस थोड़ी देर और···" कहा था सव्यसाँची ने और वह पानी में थोड़ा अंदर की ओर बढ़ा। अचानक, पता नहीं नदी में पानी का तेज बहाव आया या आगे बढ़ते हुए सव्यसाँची का पैर फिसल गया और वह एकदम से पानी के बहाव के साथ बहने लगा।

यकायक हुए इस घटनाक्रम से किसी को कुछ समझ में नहीं आया। पहले तो सव्यसाँची ने खुद को संभालने की बहुत कोशिश की, मगर जब उसे लगा कि वह खुद को नहीं बचा पाएगा और पानी का तेज बहाव उसे अपने साथ ही बहाये ले जा रहा है तथा बात उसकी क्षमता से बाहर जा रही है, तो

वह घबराकर 'बचाओ, बचाओ…' की आवाजें लगाने लगा।

मोहन सेठी ने पलटकर देखा तो उसके होश उड़ गए। उसने देखा कि सव्यसाँची तेजी से लहरों के साथ बहता चला जा रहा है। वह उस समय घाट के बिल्कुल किनारे पर था। उसने समझ लिया कि इस समय यदि वह पलटकर सव्यसाँची को बचाने जाएगा तो उस तक नहीं पहुँच पाएगा। कोई उपाय न देखकर उसने भी सव्यसाँची के बचाव के लिए चीखना शुरू कर दिया। उसने देखा कि घाट पर बहुत कम लोग मौजूद थे और उनमें से कोई भी बहते पानी के बीच कूदने की हिम्मत नहीं जुटा पा रहा था। ज्यादा समय नहीं था, अब उसे ही कुछ करना था।

वह तेजी से घाट से बाहर निकला और पानी के बहाव की दिशा में दौड़ने लगा।

दौड़ते-दौड़ते उसने घाट पर ही रखा हुआ, एक लंबा अँगोछा उठा लिया और तेजी से सव्यसाँची के पास जा पहुँचा। उसने तुरंत उस अँगोछे को सव्यसाँची की ओर उछालकर फेंक दिया, मगर अफसोस वह सव्यसाँची की पकड़ से दूर रहा। अब मोहन सेठी ने इधर-उधर नजरें दौड़ाई तो उसे एक लंबा सा तार दिखाई दिया, जो संभवत: पुल के सामान के साथ वहीं किनारे पर पड़ा था। उसने तुरंत उसे उठाया और अपने उस अँगोछे में कसकर बाँध लिया, अब वह दौड़कर आगे निकल गए सव्यसाँची की ओर उछालकर फेंका। इस बार वह अँगोछा सव्यसाँची के बिल्कुल निकट जाकर गिरा। हालाँकि उसे सव्यसाँची ने पकड़ तो नहीं पाया, मगर मोहन सेठी को उम्मीद बँध गई कि अगले प्रयास में वह अँगोछे को पकड़ लेगा। वही उसने किया। दो-तीन बार के प्रयास में सव्यसाँची ने अँगोछे का सिरा पकड़ लिया। कहते हैं कि डूबते को तिनके का सहारा बहुत होता है। यहाँ तो मोहन सेठी ने तार में बाँधकर इतने बड़े अँगोछे को उसे पकड़ा दिया था, जिसे उसने पूरी ताकत से पकड़ लिया था। मोहन सेठी ने अब तार को किनारे की ओर खींचना शुरू किया, मगर यह इतना आसान नहीं था। बड़ी मेहनत और प्रयासों के बाद

मोहन सेठी उसे किनारे तक खींचकर लाने में सफल हो गया।

तब तक कुछ लोग दूर से दौड़कर आ गए। उन्होंने सहारा देकर सव्यसाँची को पानी से बाहर निकलवाने में मदद की। उसे तुरंत प्राथमिक सहायता दी गई। उसके पेट में चला गया पानी निकाला गया।

इस तरह मोहन सेठी की हिम्मत और पराक्रम से उसके साथी की जान बच गई।

नन्हे दोस्तो,

साथ अगर हम करते हैं, तो साथ निभाते हैं,
फूल राह में हों या काँटे, चलते जाते हैं,
सुख में साथी, दुःख में छोड़े जो,वह कैसा यार?
हम यारों के यार, यार के रंग रँग जाते हैं।

□

करंट की चपेट में

सिया वामनसा खोडे

कर्नाटक राज्य में धारवाड़ जिला है, जिसके हुबली में दाजी वामपेट हरपनहर्लीजोड़ी में सिया का घर है। वह साढ़े दस साल की है और कक्षा सात में पढ़ती है। सिया के स्कूल में दो दिन की छुट्टी थी।

वह 14 अप्रैल, 2015 की सुबह थी। आज उसकी बुआ के घर एक घरेलू कार्यक्रम था। सुबह से ही सिया तितली की तरह सारे घर में उड़ती घूम रही थी।

"कितनी देर में चलोगी, मम्मी?" सिया ने मम्मी के पास आते हुए कहा।

"बस चल रही हूँ, जरा साड़ी तो पहन लूँ। अभी चलती हूँ।" मम्मी ने सिया को जबाब दिया।

उसकी मम्मी विजयश्री सोचने लगीं कि छोटे बच्चों को कहीं घूमने जाना हो तो कितनी उत्सुकता होती है।

उनकी ननद के घर सगाई की रस्म थी, जिसमें उन्हें शामिल होना था, मगर उससे पहले अभी उन्हें अपनी देवरानी के यहाँ जाना था, जो उनके घर से दूर किसी दूसरे मुहल्ले में रहती थीं। वहाँ से देवरानी और उनके बच्चों के साथ उन्हें कार्यक्रम में जाना था।

बच्चों ने सुबह से ही 'जल्दी चलो, जल्दी चलो' की रट लगा रखी थी।

अत: वे सिया और छोटे बेटे यश को साथ लेकर देवरानी के घर पहुँचीं। वहाँ पहुँचकर उन्होंने देखा कि वे वहाँ बच्चों के जिद के चक्कर में जल्दी आ गई हैं। उनकी देवरानी तो अभी कार्यक्रम में जाने के लिए तैयार ही नहीं हुई हैं।

विजयश्री कहने लगीं, "ये बच्चे भी न¨ सुबह से ही चलो, चलो की रट लगाए थे।"

उनकी देवरानी बोलीं, "कोई बात नहीं, चलते हैं, अभी तो काफी समय है। मुझे पता है कि बच्चे आपस में खेलने के लिए ऐसा कह रहे होंगे। अब देखो न कैसे मिलकर धमा-चौकड़ी मचा रहे हैं। अब इनमें से कोई नहीं कहेगा कि जल्दी चलो।"

"हाँ चाची, आप सही पकड़े हैं।" सिया ने दौड़ते हुए हँसकर कहा।

वह अपनी हमउम्र चचेरी बहनों—अंजना, माया और भाई यश के साथ छुआ-छुआई का खेल खेल रही थी।

उधर विजयश्री अपनी देवरानी के साथ घरेलू बातों में व्यस्त हो गईं। अभी जाने के लिए चूँकि काफी समय था, सो वे निश्चिंत थीं।

चुलबुली नन्ही सिया अपने छोटे भाई यश और चचेरी बहनों के साथ खेल में लगी हुई थी। जिस घर में बच्चे खेल रहे थे, उसके सामने ही गली की सड़क को पार कर उनका एक दूसरा घर भी था।

बच्चों ने अपने खेल के शोर से जब बड़ों को परेशान होते देखा तो वे 'दूसरे घर में खेलने जा रहे हैं।' ऐसा कहकर वहाँ से निकल लिये।

उन्हें पता था कि अभी उनकी मम्मी बुआ के घर नहीं जानेवाली हैं, क्योंकि उन्होंने कह दिया था कि शाम को जब चाचा आएँगे, तभी सब लोग एक साथ चलें।

हाँ, एक बात की हिदायत उन्होंने दी थी, "खेलने तो जाओ, लेकिन कपड़े गंदे मत करना।"

इस मकान के निचले हिस्से में तो ताला लगा था। गली से ही ऊपर पहली मंजिल पर जाने के लिए सीढ़ियाँ बनी हुई थीं। अंजना और माया दौड़कर

जल्दी आगे निकल गईं और सीढ़ियों के सहारे चढ़ते हुए पहली मंजिल पर जा पहुँचीं। वे पहले वहाँ जाकर छिप जाना चाहती थीं, ताकि बाद में आकर सिया और यश उन्हें ढूँढ़ सकें। यहाँ उन्हें रोकने–टोकने, डाँटनेवाला तो कोई था नहीं। उन्हें पता था कि वे निश्चिंत होकर वहाँ खेल सकते थे। सिया और यश भी दौड़ते हुए गली पारकर जल्दी से सीढ़ियाँ चढ़कर ऊपरी मंजिल पर जाने लगे। छोटा यश आगे–आगे दौड़ रहा था और पीछे से उसे धीरे चलने को कहती सिया भी बढ़ती चली जा रही थी।

यश जल्दी से खटाखट सीढ़ियाँ चढ़ गया। अचानक, उसकी नजर रेलिंग से ऊपर लटकते एक तार पर पड़ी। वह झट से रेलिंग पर चढ़ा और उसने खेल–खेल में उस तार को पकड़ कर नीचे खींचना चाहा, मगर यह क्या, वह तो उसमें चिपक गया।

पीछे से आ रही सिया ने जब यश को रेलिंग पर चढ़कर तार खींचते देखा तो वह मन–ही–मन यश की इस शरारत पर खीज गई। उसने कहा, "यश नीचे उतरो। कपड़े गंदे हो जाएँगे।"

तभी जीने पर चढ़ते हुए उसका हाथ ग्रिल से टकरा गया। जिसमें उसे करंट का एहसास हुआ। उसने तुरंत अपना हाथ पीछे खींच लिया। अब उसे लगा कि यश किसी मुसीबत में है। तभी वह बोल भी नहीं रहा था। खतरा भाँपकर वह जोर से बचाव के लिए चिल्लाई, मगर किसी को न आता देख सिया ने सोचा कि अब उसी को कुछ करना होगा। उसने यश की शर्ट को पकड़कर जल्दी से नीचे की ओर खींचा, मगर वह तार से नहीं छूटा। अब तक यश बेहोश हो चुका था। सिया ने हिम्मत करके एक बार फिर उसकी शर्ट को ताकत लगाकर नीचे की ओर खींचा। इस बार यश का हाथ तार से छूट गया और वह नीचे आ गिरा।

सिया के शोर की आवाज सुनकर अब तक अंजली और माया भी छत से उतर कर आ गईं थीं। इस बीच नीचे गली में जा रहे कुछ लोगों ने शोर सुनकर देखा तो मिलकर यश को उठाया और उसके चाचा के घर के अंदर ले आए। सब लोग परेशान हो गए थोड़े प्रयासों के बाद यश को होश आ गया था। यश और सिया दोनों रोए जा रहे थे। सब उसे लेकर तुरंत अस्पताल गए। करंट के प्रभाव से उसका हाथ जल गया था। कई दिन तक इलाज चला।

बहुत दिनों तक यश की बोली में लड़खड़ाहट रही। जले का निशान तो अभी भी उसके हाथ पर है।

नन्ही सिया की चतुरबुद्धि और हिम्मत की बात जब अखबार में छपी तो सबने सिया की बहादुरी की सराहना की। कर्नाटक सरकार ने बाल दिवस के अवसर पर सिया को मैडल और दस हजार रुपए का पुरस्कार दिया। भारतीय बाल कल्याण परिषद् की राज्य शाखा ने उसे पुरस्कृत किया। डॉ. गंगूबाई हंगल म्यूजिक फाउंडेशन हुबली और रामकृष्ण मिशन तुमपुर, बेंगलुरू ने भी अन्य बच्चों के साथ उसे सम्मानित किया।

देश के प्रधानमंत्रीजी ने गणतंत्र दिवस के अवसर पर उसे 'राष्ट्रीय बाल वीरता पुरस्कार' से सम्मानित किया। इस मौके पर उसके माता-पिता बहुत खुश थे।

माँ विजयश्री कहती हैं कि उस दिन सिया ने यश की शर्ट न पकड़कर अगर हाथ को पकड़ा होता तो··· आगे की बात सोचकर वे आज भी सिहर जाती हैं।

नन्हे दोस्तो,

हर पल मौका देता हमको, लपक इसे लें आगे बढ़,
हिम्मत करके आएँ सामने, देखें पर्वत के सिर चढ़,
टकरा बादल रस खो देते, नहीं परस्पर अब तू लड़,
बनी-बनाई राह पकड़ मत, अपने नए रास्ते गढ़।

□

नदी के बीच में

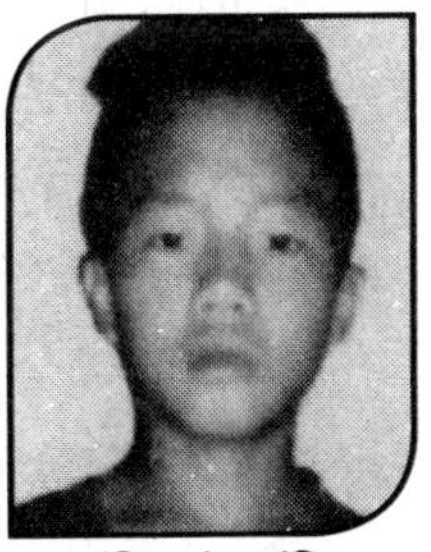
थंगिलमंग लंकिम

काफी देर से बारिश हो रही थी। वह स्कूल की छुट्टी का समय था। दोपहर हुई तो छुट्टी की घंटी बजी। सारे बच्चे परेशान हो गए कि वे आज ऐसी मूसलधार बारिश में घर कैसे जाएँगे।

जिनके घर नजदीक थे, वे तो भीगते हुए बारिश के मजे लेते घरों को रवाना हुए। कुछ बच्चे, जो छोटे थे और दूर गाँवों के रहनेवाले थे। वे हॉस्टल में रहते थे, जो स्कूल के करीब ही था। वे भी भीगते-भागते अपने हॉस्टलों की ओर चल दिए।

15 सितंबर, 2015 को देश के पूर्वोत्तर राज्य नागालैंड के एक कस्बे के बीच नदी के किनारे स्थित उस स्कूल की यह घटना है।

पढ़नेवाले उन अनेक बच्चों में एक था, लगभग ग्यारह साल का बालक थंगिलमंग लंकिम।

उसका घर स्कूल से थोड़ी दूरी पर था, इसलिए बारिश से बचने के लिए वह स्कूल से बाहर निकलकर एक किनारे खड़ा हो गया। अब उसे बारिश के रुकने का इंतजार था। यों तो उसका भाई भी इसी स्कूल में पढ़ता था, मगर बारिश में बच्चों की भीड़ में वह इस समय कहाँ होगा, यह लंकिम को पता नहीं था। फिलहाल उसकी नजरें बारिश के रुकने पर लगी थीं। उसकी तरह कई और बच्चे भी इधर-उधर छिपे हुए थे। मगर फिर भी इक्का-दुक्का बच्चे

अभी भी बारिश में भीगते हुए चले जा रहे थे।

नदी के इस पार लंकिम का स्कूल था और उस पार एक दूसरा कैथोलिक स्कूल था, जिसका हॉस्टल भी वहीं पास में था।

उसमें पढ़नेवाले बच्चे भी हॉस्टल नजदीक होने के कारण बारिश में भीगते हुए हॉस्टल की ओर बढ़ते चले जा रहे थे। वे सोचते थे कि हॉस्टल में पहुँचकर उन्हें वैसे भी स्कूल की यूनीफार्म बदलनी होगी, तो चलो, भले ही भीग जाएँ, पर जल्दी हॉस्टल तो पहुँचें। छोटे बच्चों को तो बारिश में भीगना वैसे भी अच्छा लगता है, इसलिए वे तो जानबूझकर बारिश में भीगते मजे लेते हुए चल दिए।

इन्ही बच्चों में थे मेगोवीज और उसका बड़ा भाई, जो क्रमश: तीसरी और चौथी कक्षा में पढ़ते थे। वे भी बारिश में भीगते हॉस्टल की ओर बढ़े जा रहे थे।

बारिश काफी देर से हो रही थी, इसलिए नदी भी पूरी भरी हुई बह रही थी। नदी की लहरें तेजी से बहती हुई आगे बढ़ी जा रही थीं। उसके साथ ही पानी में कुछ कूड़ा-कचरा भी बहता चला जा रहा था, जिसे देखने के लिए कुछ बच्चे उसके किनारे पर जमा हो गए थे। वे बच्चे उसमें कुछ कागज के टुकड़े फेंककर उसको लहराते हुए बहता देखने का आनंद ले रहे थे। मेगोवीच और उसका भाई भी रूककर उनके साथ बारिश के मजे लेने लगे।

पता नहीं किसी का धक्का लगा या पानी में उसका पैर फिसल गया, अचानक मेगोवीज नदी में जा गिरा। पानी में गिरते ही वह बहाव के साथ तेजी से बहता हुआ जाने लगा। साथ में खड़ा चौथी कक्षा में पढ़नेवाला उसका भाई घबरा गया। वह खुद तो उस तेज बहते पानी में कूदने की हिम्मत नहीं कर पाया। अत: असहाय होकर वह मदद के लिए इधर-उधर देखता हुआ, एकदम से चीख पड़ा। जिसे सुनते ही सबकी निगाहें उस ओर चली गईं।

लंकिम ने जैसे ही उसकी बचाव की पुकार सुनी, वह एक भी क्षण की देरी किए बिना तुरंत दौड़ा और नदी में कूद पड़ा। वह तेजी से तैरता हुआ।

मेगोवीज की ओर जाने लगा। देखनेवाले दौड़कर नदी के किनारे आकर खड़े हो गए। लंकिम की तेजी देखने लायक थी। उसकी और मेगोवीज के बीच की दूरी लगभग 120 मीटर थी। लंकिम फुरती से तैरते हुए मेगोवीज के पास जा पहुँचा। उस डूबते हुए लड़के को सावधानीपूर्वक पकड़कर वह सुरक्षित किनारे की ओर लेकर आया। सभी देखनेवाले दौड़ते हुए उसके पास तक पहुँचे। उन्होंने उसे उठाकर तुरंत अस्पताल पहुँचाया। लंकिम के चेहरे पर बच्चे की जान बचा लेने का संतोष था।

पानी और मिट्टी में सना लंकिम घर पहुँचा तो उसके मम्मी-पापा ने देरी से आने का कारण पूछा।

उसने हँसते हुए कहा, “मैंने आज एक बच्चे की जान बचाई है।”

सबने उसके मजाकिया स्वभाव को समझते हुए उसकी बात को हँसी में टाल दिया। उन्होंने उसे मजाक ही माना, लेकिन शाम को पास के गाँव में रहनेवाले मेगोवीज के मम्मी-पापा उसका पता पूछते हुए जब उसके घर आए और अपने बेटे की जान बचाने के लिए लंकिम का धन्यवाद बोलने लगे तो सबको सच्चाई का पता लगा। मेगोवीज के बड़े भाई के सामने ही तो सारी घटना

हुई थी। केवल उसने ही नहीं और भी कई लोगों ने लंकिम की हिम्मत व बहादुरी को अपनी आँखों से देखा था। जब अखबारों और अन्य समाचार माध्यमों से यह घटना लोगों ने जानी तो सबने लंकिम के इस साहसपूर्ण कार्य की भूरि-भूरि प्रशंसा की। उसका नाम राष्ट्रीय बाल वीरता पुरस्कार के लिए भेजा गया।

23 जनवरी, 2017 को देश के प्रधानमंत्रीजी द्वारा राजधानी दिल्ली में देश के अन्य चुने हुए बहादुर बच्चों के साथ उसे 'राष्ट्रीय बाल वीरता पुरस्कार' प्रदान किया गया। अपनी बहन एलिजाबेथ के साथ दिल्ली में आए लंकिम को गणतंत्र दिवस की परेड में शामिल होना और देश की प्रमुख जानी-मानी हस्तियों से मिलना बहुत अच्छा लगा।

नन्हे दोस्तो,

खुश रहना और खुश रखना हो, इस जीवन का काम,
हरदम चलना चलते रहना, न रुकें न लें आराम,
करें कुछ ऐसा, जो सुखमय हो मानवता तमाम,
पता नहीं कब ले ले, यह गतिमय जीवन विश्राम।

□

हौसला मन का

प्रफुल्ल शर्मा

"पापा! मुझे स्कूल की ओर से दोस्तों के साथ पिकनिक पर 'धर्मशाला' जाना है।" स्कूल का बस्ता एक ओर रखते हुए प्रफुल्ल ने अपने पापा से कहा।

वह अपने जूतों के फीते खोलते हुए कनखियों से पापा के मुँह की ओर देखने लगा कि देखें वे क्या जबाब देते हैं।

"बेटा, तुम कैसे जा पाओगे? तुम्हारी तबीयत···" उसके पापा ने ऐसा कहा ही था कि प्रफुल्ल बीच में ही बोल पड़ा, जैसे उसे पता था कि शायद उसके पापा यही बोलनेवाले हैं। "क्या हुआ मेरी तबीयत को, पापा, ठीक तो हूँ। मैं अपना खयाल रख लूँगा, आप तो जानते ही हैं।"

"फिर भी बेटा, वहाँ तुम्हारे साथ मैं नहीं रहूँगा। अकेले तुम कैसे···" प्रफुल्ल के पापा नरेश कमल ने आशंका जाहिर की।

"नहीं पापा, मुझे जाना है।" प्रफुल्ल रुआँसी सूरत लिये अंदर कमरे में चला गया।

उसके पापा ने पीछे-पीछे अंदर जाकर देखा तो प्रफुल्ल बिस्तर में मुँह छिपाए रो रहा था।

वे खुद टीचर थे। बच्चों के मन की बात खूब समझते थे।

उन्होंने जब प्रफुल्ल को रोते देखा तो उनका मन पिघल गया। उन्होंने

बेटे को पिकनिक में भेजने का मन बना लिया।

अब प्रफुल्ल खुश था।

उसके पापा ने पिकनिक पर ले जानेवाले टीचर को समझाया कि प्रफुल्ल सारी दवाइयाँ अपने साथ ले जा रहा है। यह आपको बिल्कुल भी तंग नहीं करेगा। हमें भी आज तक इसने कभी परेशान नहीं किया। यह जरूरत पड़ने पर रात में बिना किसी को जगाए, चुपचाप उठकर दवाई ले लेता है।

नरेश कमल उन्हें बताने लगे कि लगभग बारह साल का प्रफुल्ल बचपन से ही साँस की बीमारी से परेशान रहता है। जब वह मात्र सोलह दिन का था, तभी उसकी मम्मी का टीचर्स ट्रेनिंग में जम्मू जाने के लिए नंबर आ गया। अब उनके सामने अजीब दुविधा थी। इतने छोटे बच्चे को अकेले बिना माँ के कैसे छोड़ा जाए और अगर उसके साथ रहे तो ट्रेनिंग का मौका हाथ से निकल जाता। ऐसे में मैंने उसकी देखभाल की जिम्मेदारी ली और उसकी मम्मी को निश्चिंत होकर जाने के लिए कहा।

वे चली गईं, मगर एक रात अचानक नन्हे प्रफुल्ल की तबीयत बहुत खराब हो गई। डॉक्टर को दिखाया, मगर उसे साँस लेने में दिक्कत, जो एक बार शुरू हुई तो इस मर्ज ने उसका पीछा अब तक नहीं छोड़ा। तमाम इलाज करवाया। एक डॉक्टर ने उसकी नाक की हड्डी को टेढ़ा बताया। अब कभी-कभी जब साँस नहीं आती थी तो उसे नेबुलाइजर का प्रयोग करना पडता था। इसीलिए वे उसे अकेले भेजने से डर रहे थे।

प्रफुल्ल के टीचर ने उन्हें भरोसा दिया कि वे उसका खयाल रखेंगे। आप चिंता न करें।

तेरह दिसंबर 2015 का वह दिन था, जब प्रफुल्ल और उसके दोस्त पिकनिक से वापस आ रहे थे। वे आपस में बिताए हुए क्षण याद कर रहे थे। कुछ बच्चे खिड़की के किनारे बैठे बाहर के मजेदार दृश्यों का आनंद ले रहे थे। कुछ आपस में बातों में लगे थे। स्कूल में तो उन्हें ऐसा मौका कम ही मिल पाता था। अब इस समय न क्लास वर्क की कोई चिंता और न होम वर्क की।

वे निश्चिंत होकर अपनी पिकनिक की मस्ती में डूबे हुए थे।

लंबे सफर में ड्राइवर ने चाय-नाश्ते के लिए बस को शिवद्वाला में एक ढाबे के किनारे रोक दिया। भीड़ होने के कारण बस ढाबे से थोड़ा आगे बढ़ाकर खड़ी करनी पड़ी।

उनके टीचर ने कहा, "यहाँ कुछ देर के लिए बस रुकी है। ड्राइवर साहब चाय पिएँगे। जिन बच्चों को लघुशंका के लिए, पानी पीने या कुछ लेने के लिए नीचे जाना है, वे चुपचाप उतर जाएँ, बाकी बच्चे बस में ही बैठे रहें।"

इतना कहकर टीचर बस से नीचे उतर गए। कुछ बच्चे उतरे पर बाकी बस में ही बैठे रहे।

टीचर और ड्राइवर ढाबे पर चले गए और बस में कोई बड़ा व्यक्ति नहीं रहा तो कुछ बच्चों को शरारत सूझी। वे ड्राइवर की सीट के पास पहुँच गए। सीट पर बैठकर एक बच्चा स्टेयरिंग घुमाने लगा तो दूसरा उसके गियर से छेड़छाड़ करने लगा। तीसरे ने आव देखा न ताव ब्रेक छेड़ दिया।

वे ऐसा करने में लगे हुए थे कि अचानक बस पीछे की ओर चलने

लगी। सब अचानक इस घटना से घबरा गए। वे स्टियरिंग छोड़कर भाग खड़े हुए। चढ़ाई पर खड़ी बस पीछे चलती हुई गहरी खाई की ओर बढ़ने लगी।

यह देखकर बच्चों के चेहरों पर हवाईयाँ उड़ने लगीं। कई बच्चे मदद के लिए चीखने भी लगे।

प्रफुल्ल उस समय अपनी सीट पर बैठा खिड़की से बाहर का नजारा देख रहा था। यह चीख-पुकार सुनकर वह चौंक पड़ा। बस धीरे-धीरे पहाड़ी की ढलान की ओर बढ़ती जा रही थी। बस के ड्राइवर और उसके टीचर दूर ढाबे के पास थे। इतनी जल्दी मदद के लिए उनका आ पाना संभव नहीं था।

वह बिजली की तेजी से ड्राइवर सीट की ओर लपका। शरारत करनेवाले बच्चे वहाँ से दूर भाग चुके थे। वे घबराए हुए फटी-फटी आँखों से मदद के लिए चिल्ला रहे थे। प्रफुल्ल उन्हें एक तरफ करता हुआ चालक की सीट पर बैठ गया। वह अपने छोटे-छोटे पैरों को नीचे बढ़ाते हुए ब्रेक के ऊपर पूरी ताकत से खड़ा हो गया।

पीछे जाती हुई बस एक झटके में रुक गई। बस चलती हुई बिल्कुल पहाड़ी के किनारे पर रुकी थी। अब तक इतना शोर सुनकर ढाबे से ड्राइवर,

टीचर और अन्य लोग दौड़कर आ गए। वे तेजी से बस में चढ़े और चालक की सीट पर पहुँचे। उन्होंने देखा कि प्रफुल्ल पूरी मुस्तैदी से ब्रेक पर पैर जमाए खड़ा था। वे हैरान रह गए, अगर कुछ पल की और देर हो जाती तो बस बच्चों समेत गहरी खाई में जा गिरती।

उन्होंने बस को काबू में करके सुरक्षित स्थान पर पहुँचाया और प्रफुल्ल के साहस की जी खोल कर सराहना की। इतने छोटे बच्चे की इतनी बड़ी बहादुरी के कारनामे को सुनकर सब दंग रह गए। अखबारों और टेलीविजन ने इस घटना को हिमाचल क्या सारे देश में पहुँचा दिया।

जब राष्ट्रीय बाल वीरता पुरस्कार के लिए बहादुर बच्चों के चुनाव का समय आया तो प्रफुल्ल की बहादुरी को देखते हुए उसे चुन लिया गया। देश के प्रधानमंत्रीजी ने प्रफुल्ल को देश के और चुने हुए बहादुर बच्चों के साथ अपने हाथों से पुरस्कार प्रदान किया। राष्ट्रपति, उपराष्ट्रपति, जैसे महत्त्वपूर्ण लोगों से मिलने के साथ ही एक न्यूज चैनल ने भी उसे अपने स्टूडियो में बुलाया, जहाँ उसकी मुलाकात फिल्म अभिनेता ऋतिक रोशन से हुई। ऋतिक रोशन ने प्रफुल्ल के बारे में जानकर अपने बचपन को याद किया और बताया कि कभी, जिसमें वे भी इसी तरह की शारीरिक परेशानी से जूझे थे।

नन्हे दोस्तो,

हम रखते हौसला, हमेशा आगे बढ़कर आते,
वैसे शरमीले हैं, मौके पर कब हम शरमाते,
जब भी पड़े जरूरत जैसी भी वैसे ही बनकर,
बिना बुलाए पहुँच सामने, हम करके दिखलाते।

□

पलट गई नाव

कल से ही लगातार बारिश हो रही थी। रात में भी नहीं रुकी और आज सुबह से फिर बूँदें लगातार गिरती ही जा रही थीं। पूर्वोत्तर राज्य असम के गोलाघाट जिले में बादल पूरे आसमान में छाए थे। ऐसे में लोग अपने जरूरी कामों को भी छोड़कर घर में चुपचाप वर्षा के रुकने का इंतजार कर रहे थे।

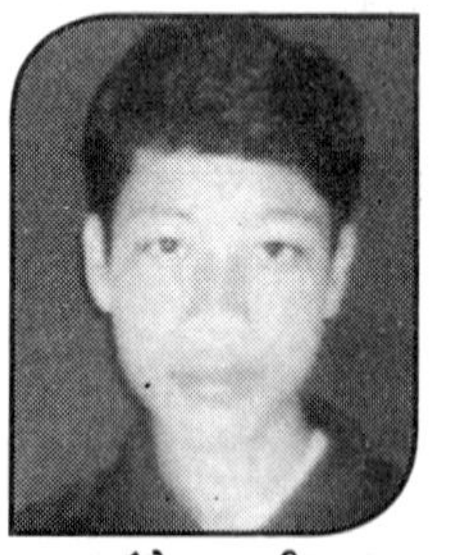

टंकेस्वर पीगू

मगर वे भी आखिर कब तक इंतजार करते। बादल तो उस मेहमान की तरह आकाश में डेरा डालकर बैठ गए थे, जो घरवालों को कष्ट में देखकर भी घर से जाने का नाम नहीं लेते।

जब लोगों ने देखा कि वर्षा नहीं रुकनेवाली तो वे बूँदा-बाँदी हल्की होते ही घर से निकल लिए। उनके जरूरी काम जो ठहरे।

लोगों की इस तरह बढ़ी हिम्मत को देखकर बादलों को अपने पैर पीछे खींचने पड़े। देखते-ही-देखते कुछ ही देर में बादलों ने उनके ऊपर के आसमान से भागने का रुख कर लिया, मगर इतनी बारिश में ही नदी, तालाब, झील, सब ऊपर तक लबालब हो गए थे।

यह वर्ष 2016 के जून महीने की 20 तारीख थी। सोलह साल का टंकेस्वर पीगू भी बूँदों की रफ्तार कम होते देख औरों की तरह घर से निकल पड़ा। यह बिल्कुल सुबह-सवेरे की बात है। उसे पढ़ने जाना था। उसके पिता ज्यादा पढ़े-लिखे नहीं थे। उनकी कमाई भी कम थी। वह सोचता था कि

अगर वह थोड़ा-बहुत पढ़-लिख जाए तो पिता और परिवार की मदद कर सके। पढ़ाई के बाद वापसी में लौटते समय जब वह सारण झील को नाव में बैठकर पार करने जा रहा था। तभी उसे सामने से आती हुई उसकी भाभी दिखी, जो जानवरों के लिए चारा लेकर आ रही थी। उसने नाव को रोककर भाभी को बैठा लिया। नाव में पहले से ही चावल की बोरियाँ भरी हुई थीं। चारा रखने से उस छोटी नाव का संतुलन बिगड़ने लगा। जैसे-तैसे बैलेंस बनाकर उस चारे के गट्ठर को नाव पर रखा गया। भारी वर्षा के कारण झील पानी से ऊपर तक भरी थी। आमतौर पर जिसे खतरे का निशान माना जाता है, उससे भी ऊपर वह न केवल भरी थी, बल्कि लगातार आनेवाले पानी से उसका तल बढ़ता ही जा रहा था।

वैसे तो आमतौर पर आस-पास के रहनेवालों के लिए यह रोजमर्रा की जिंदगी का हिस्सा था। वे अकसर इसी तरह आते-जाते रहते थे, मगर आज झील के भरे पानी के विस्तार से उनके दिल की धड़कने बढ़ी हुई थीं।

वहाँ से जहाँ नाव थी, किनारा अभी दूर था लगभग एक सौ मीटर की दूरी पर।

अचानक हल्की सी लहर आई या किसी ने अपनी जगह बदली अथवा ज्यादा वजन के कारण, कुछ हुआ पता नहीं, वह छोटी सी नाव डगमगाने लगी। जब उसे सँभालने की कोशिश की गई तो बजाय ठीक होने के और असंतुलित हो गई। नतीजा यह हुआ कि नाव पर बैठे ये दोनों लोग घबरा गए। घबराहट में ये लोग उठकर बैलेंस बनाने की कोशिश में खड़े हुए तो अचानक वजन एक तरफ को हो गया और नाव पलट गई।

देखते-ही-देखते ये दोनों झील की उस विशाल जलराशि में डुबकियाँ खाने लगे। पानी की गहराई वहाँ पर करीब दस फीट रही होगी।

चूँकि टंकेस्वर को तो तैरना आता था तो उसने गिरते ही खुद को सँभाल लिया। मगर उसकी सत्ताइस साल की भाभी स्वर्णा पीगू को तैरना बिल्कुल भी नहीं आता था। अत: वह पानी में गिरते ही डुबकियाँ खाने लगी।

टंकेस्वर तो खुद को आसानी से बचा सकता था। हालाँकि वहाँ से किनारा दूर था, मगर अब उसे भाभी को बचाना था। उसने तुरंत फैसला किया और तेजी से भाभी की ओर बढ़ा। मगर यह क्या, भाभी खुद बचने के लिए उसकी ओर झपट रही थीं। टंकेस्वर ने भाभी की पकड़ में आने से अपने आप को बचाया और समझदारी से पीछे हटकर भाभी के पीछे से आकर उन्हें पकड़ा। अब वह उन्हें लिये झील के किनारे की ओर बढ़ने लगा। पानी मुँह में चले जाने के कारण भाभी छटपटाकर बार-बार टंकेस्वर को पकड़ने की कोशिश करतीं और अपनी चपलता से टंकेस्वर उनके प्रयास को नाकाम कर देता, क्योंकि अगर वे उसे पकड़ पातीं तो टंकेस्वर का तैर पाना मुश्किल होता और फिर दोनों का ही पानी में डूबना निश्चित था।

इसलिए टंकेस्वर लगातार संघर्ष करता हुआ किनारे की ओर बढ़ता जा रहा था। इस बीच भाभी के पेट में पानी भर गया था। इस कारण उनका प्रतिरोध थोड़ा कम हुआ, जिससे टंकेस्वर को उन्हें किनारे की ओर ले जाने में अब उतनी परेशानी नहीं हो रही थी। मगर किनारा अभी भी दूर था।

एक तो अचानक घटी घटना और फिर किनारे से इतनी दूरी, दूसरा मदद

के लिए कोई साथी नहीं। अभी कुल सोलह साल का ही तो था वह। कोई और होता तो घबराकर अपनी जान बचाने की फिक्र करता, मगर टंकेस्वर बिना घबराए किनारे की ओर बढ़ा जा रहा था। ज्यों-ज्यों किनारा पास आता जा रहा था, उसका जोश भी बढ़ता जा रहा था।

आखिर उसने किनारा पा ही लिया। अब तक कुछ और लोग भी मदद के लिए दौड़ते हुए आ गए थे। उसकी भाभी के पेट से भरा हुआ पानी निकालकर उन्हें प्राथमिक सहायता दी गई। उन्हें होश में लाया गया। टंकेस्वर की सामयिक सूझबूझ और अपार साहस से उसकी भाभी का जीवन बच गया। टंकेस्वर को राष्ट्रीय बाल वीरता पुरस्कार के लिए चुना गया। राजधानी दिल्ली में देश के प्रधानमंत्री ने देश भर के चुने हुए बहादुर बच्चों के साथ टंकेस्वर को सम्मानित किया। असम गोलाघाट के उसके घर के लोगों के साथ-साथ सारे देश के लोगों ने उसकी बहादुरी को सैल्यूट किया।

नन्हे दोस्तो,

अगर हिम्मत नहीं हारें, निकट आ जाएगी मंजिल,
लगन लग जाए मन में तो, करो मेहनत, हो सब हासिल,
मिलेगा क्या ? नहीं सोचें, रहें हर हाल में खुश हम,
अगर सच्ची मोहब्बत हो तो जो सोचें वह जाए मिल।

□

नदी में तैरते हुए

आदित्यन एम.पी. पिल्लई

एक दिन विष्णु ने अखिल से कहा, "चल दोस्त आज नदी के किनारे चलते हैं, घूमेंगे, खेलेंगे, तैरेंगे और मस्ती करेंगे।"

"और मछलियाँ भी पकड़ेंगे।" उन दोनों को अपने पीछे से एक आवाज सुनाई दी।

उन्होंने पलटकर देखा, यह तो जेफिन था उनका हमजोली। जो मछली पकड़ने का जाल लिये उनके बिल्कुल पास तक आ चुका था।

अब तो मजा आ गया। तीनों बड़े प्यार से गले मिले और फिर वे एक साथ नदी की ओर चल दिए।

"एक से भले दो···" अखिल ने विष्णु की ओर इशारा करते हुए कहा।

"और दो से भले तीन" जेफिन ने भी हाँक लगाई।

"मिलें कभी जब एक साथ तो मौसम हो रंगीन।" विष्णु भी बोल पड़ा।

"रंगीन या संगीन?" जेफिन ने हँसते हुए पूछा।

इसी तरह हँसते-खिलखिलाते बातें करते वे नदी की ओर बढ़े जा रहे थे।

नदी के पास पहुँचकर उन्होंने किनारे से बाँध कर नदी में जाल डाल दिया और प्रतीक्षा करने लगे। उन्होंने देखा कि उनका पड़ोसी आदित्यन भी नदी में तैरने के लिए आया हुआ है। उन्हें पता था कि वह नियम से नदी में तैरने आया करता है।

आपस में बातें करते-करते उन्होंने देखा कि आदित्यन से कुछ आगे भी तीन बच्चे नदी के किनारे टहल रहे हैं।

दरअसल वे जेबॉल, एबल और मेलिशा थे। जिनकी उम्र दस, बारह, पंद्रह साल के आसपास रही होगी!

मेलिशा अमेरिका में रहती थी, जो इन दिनों केरल में अपने माता-पिता के साथ छुट्टियाँ बिताने आई थी। अपने दोस्त जेबल और एबल के साथ घूमते-घूमते यों ही इस पंबा नदी के किनारे आ गए। यह वर्ष 2016 के मई महीने की 19 तारीख थी।

वे तीनों आगे आए और नदी के पानी में पाँव डालकर बैठ गए। गरमी के मौसम में नदी के धीरे-धीरे बहते ठंडे-ठंडे पानी में यों बैठना अच्छा लग रहा था। नदी का पानी साफ-सुथरा था। उनका मन किया कि क्यों न नहा लिया जाए।

नदी में किनारे पर पानी ज्यादा गहरा नहीं था, अत: वे वहाँ ही धीरे से उतर गए और नहाने लगे। नदी का शीतल जल उन्हें बहुत अच्छा लग रहा था।

उधर आदित्यन भी मजे में कुछ ही दूरी पर तैर रहा था और उससे आगे मछली पकड़नेवाले तीनों दोस्त।

नहाते हुए एबल, जो एक लड़का था, यकायक फिसलकर नदी की गहराई की तरफ सरक गया। उसके साथ की दोनों लड़कियाँ एकदम से हुए इस घटनाक्रम से घबरा गईं। वे एबल को बचाने के लिए पानी में ही उसकी ओर बढ़ने लगीं, बजाय यह जाने कि वे आगे अनजान खतरे की ओर बढ़ रही हैं।

तैरते हुए आदित्यन की नजर उन पर पड़ी। उसने खतरे को भाँप लिया था। डूबनेवाले नए थे, जबकि आदित्यन का तो नदी का हर हिस्सा देखा हुआ था। जहाँ पर वे लोग थे, वहाँ नदी की गहराई लगभग ग्यारह फीट थी, इसलिए वह तेजी से पानी में रास्ता बनाता हुआ उनकी ओर लपका।

जल्दी ही वह एबल के पास पहुँच गया। उसने फुरती से एबल को

पकड़ा और गहराई की ओर से खींच कर उसे लेकर किनारे की ओर चल दिया। उसने एबल को किनारे पर छोड़ा और फिर वह शीघ्र पलटकर उन दोनों लड़कियों को बचाने की ओर चल दिया, जो जान बचाने के लिए पानी में हाथ–पाँव मार रही थीं, क्योंकि उन्हें तैरना नहीं आता था।

अब तक वे मछली पकड़नेवाले लड़के भी खतरा देखकर दौड़कर आ रहे थे।

इधर आदित्यन तेजी से तैरता हुआ जेबॉल और मेलिशा की ओर बढ़ता जा रहा था। उसे ऐसा लग रहा था कि उसके होते हुए अगर कोई अनहोनी दुघर्टना घट गई तो वह अपने आप को कभी माफ नहीं कर पाएगा।

तेजी से तैरता हुआ आदित्यन जेबॉल के पास पहुँच गया, उसने उसके सिर के बालों को पकड़ा और उसे किनारे की ओर खींचकर लाने लगा। मेलिशा उससे आगे की ओर थी, बचाव के लिए हाथ–पैर फेंकते हुए उसका हाथ जेबॉल के पैरों से टकरा गया और उसने उसे ही कसकर पकड़ लिया।

आदित्यन को जेबॉल को खींचने में परेशानी होने लगी। उसने पलटकर देखा तो पाया कि मेलिशा जेबॉल के पैरों को जकड़े हुए है। उसे खुशी हुई कि

चलो एक बार में ही दोनों आईजा रही हैं।

आदित्यन अभी सिर्फ चौदह साल का ही था और कक्षा नौ का छात्र था। उसका शरीर भारी था, मगर तैरने जैसे व्यायाम करके उसने अपने शरीर को फुर्तीला बनाए रखा था।

अब वह दोगुनी मेहनत से जेबॉल को किनारे की ओर खींचने लगा था। अब तक मछली पकड़ रहे तीनों दोस्त भी किनारे पर आ चुके थे। वे आदित्यन का हौसला बढ़ा रहे थे।

आखिरकार आदित्यन उन्हें बचाने में सफल हुआ। उसने खतरे में फँसे तीनों बच्चों को किनारे पहुँचा दिया।

उसके इस साहसिक कार्य ने उसे हीरो बना दिया। नगर पंचायत ने उसे सम्मानित किया। नकद धनराशि और मोमेंटो दिया। उसके स्कूल ने भी उसका अभिनंदन किया। साथ ही आदित्यन का नाम राष्ट्रीय स्तर पर पुरस्कार के लिए भी भेजा गया और आदित्यन को देश के प्रधानमंत्रीजी ने 'राष्ट्रीय बाल वीरता पुरस्कार' से सम्मानित किया।

नन्हे दोस्तो,

जैसे करते हैं वैसे ही करें काम, पर ढंग अलग,
बस इससे ही हो जाएगा,अपना सबसे रंग अलग,
देखोगे तो पाओगे तुम, यह नहीं किसी से जंग अलग,
ढंग बदलकर किया काम तो बजे तुम्हारी चंग अलग।

□

ठीक तो हो बेटा

मोइरंगथम सदानंदा सिंह

उस दिन सुबह से ही लगातार बारिश हो रही थी, वह भी धीमी नहीं पूरी जोरदार। जरा सी देर में पानी नालियों, सड़कों को लबालब करता हुआ सदानंदा सिंह के घर में प्रवेश करने लगा।

यह देश के पूर्वोत्तर राज्य मणिपुर का विष्णुपुर जिला था।

उस दिन मई महीने की छह तारीख थी और वर्ष था 2016।

मोइरंगथम सदानंदा सिंह के घर के आँगन में भरा यह पानी कहीं बढ़ते-बढ़ते अंदर के कमरों में न चला जाए, इस समस्या से निपटना था। उनके घर में मोटर का पंप था। उसे लगाकर आँगन के पानी की निकासी बाहर हो सकती थी। उन लोगों ने यही किया। जल्दी ही पंप को उठाकर लाया गया।

मगर एक समस्या फिर आड़े आ गई, मोटर का तार छोटा था। वह अंदर के स्विच-बोर्ड तक नहीं पहुँच पा रहा था। अब इस समय सुबह-सुबह बारिश में भीगते हुए बाजार से तार कैसे लाया जाए?

पंप के साथ लगा तार जितना लंबा था, वह बमुश्किल रसोई तक ही पहुँच सकता था। रसोई आँगन के साथ ही लगी हुई थी। जैसे-तैसे उसके प्लग को रसोई के स्विच-बोर्ड में लगा दिया।

आज शुक्रवार का दिन था। बारिश तो कुछ देर बाद रुक गई, मगर पानी

अभी आँगन में रखे पंप से निकल रहा था। आठ बज गए थे। सभी को खाना तो खाना ही था। सदानंदा सिंह की माँ रसोई में जाकर खाना बनाने लगीं।

सदानंदा सिंह दसवीं कक्षा का छात्र था। अभी उसकी उम्र सिर्फ साढ़े चौदह साल की थी।

उसके पिता की पाँच साल पहले मृत्यु हो चुकी थी, इसलिए वह अपनी मम्मी और बड़े भाई के साथ अपने मामा के इस घर में रह रहा था। उसके मामा के दो मकान थे। वे इस मकान से दो-तीन मकान छोड़कर अपने दूसरे मकान में अपने छोटे भाई के साथ रहते थे। इस समय सदानंदा सिंह का बड़ा भाई पुरुसिंह रसोई से लगे दूसरे कमरे में लेटा हुआ था, जबकि सदानंदा सिंह उससे लगे हुए तीसरे कमरे में बैठा पढ़ रहा था।

यकायक उसे अपनी माँ की चीख सुनाई दी।

हुआ यह था कि रसोई के उस स्विच-बोर्ड में से अचानक चिनगारियाँ निकलने लगीं, जिसमें मोटर का प्लग लगा हुआ था। खाना बनाती माँ यह देखकर घबरा गईं। अचानक वहाँ स्पार्किंग तेज हुई और बोर्ड से धुआँ निकलने लगा। यह शॉर्ट सर्किट था। बोर्ड में आग लग चुकी थी।

हड़बड़ी में सदानंद सिंह की माँ राधामणि देवी ने बिना सोचे-समझे बजाय बच्चों को आवाज देने के खुद ही प्लग को स्विच-बोर्ड से अलग करने का प्रयास किया। नतीजा यह हुआ कि वे करंट की चपेट में आ गईं। उनके मुँह से अनचाहे ही बड़े जोर की चीख निकल गई।

उसी चीख की आवाज को सुनकर सदानंदा सिंह दौड़ता हुआ रसोई में पहुँचा। पास पहुँचकर उसने जैसे ही माँ को छुआ उसे करंट का जोरदार झटका लगा, हालाँकि माँ की उस आवाज को सुनकर उसका बड़ा भाई भी बिस्तर से ऊँघता हुआ उठकर आ चुका था। वह माँ की इस स्थिति को देखकर एकदम से समझ नहीं पाया कि वह क्या करे?

मगर सदानंदा सिंह ने तुरंत सोच लिया कि उसे क्या करना है। वह पलटकर दौड़ा और मच्छरदानी में लगे बाँस को जल्दी से खींचकर निकाल

लाया। उसने तुरंत उस बाँस को माँ के पेट के आगे से डालकर उसे जोर से झटका देकर दूसरी ओर खींच लिया, जिससे वे करंट के चँगुल से छूट कर नीचे गिर गईं। वे अब तक बेहोश हो चुकी थीं।

मगर उधर स्विच-बोर्ड आग में घिरा हुआ था। जो एक बड़ा खतरा बन सकता था। इस बीच बड़े भाई ने जहाँ माँ को सँभाला। वहीं सदानंदा सिंह ने दौड़कर बरामदे में रखे कंबल को उठाया और उसे आग पर जोर से फेंक कर उसे बुझाया। साथ ही बड़ी जोर से चिल्लाया भी कि मेरी माँ को करंट लग गया है। उसको आवाज को घर के सामने के मैदान में अभी-अभी फुटबॉल की प्रैक्टिस करने आए लड़कों ने सुना तो वे दौड़े चले आए। उन्हें भाग कर आता देख सदानंदा सिंह के मामा जो अपने घर में बैठे कुछ पढ़ रहे थे, किसी अनहोनी की आशंका से सबकुछ छोड़कर दौड़ पड़े। क्लब के खिलाड़ियों के साथ वे सभी राधामणीदेवी को पास के एक चेरिटेबल हॉस्पिटल में ले गए। उन्हें होश में लाया गया। सदानंदा लगातार माँ के साथ ही था। होश में आते ही माँ ने सदानंदा को देखते ही उसका चेहरा अपने दोनों हाथों में भरते हुए पूछा, "ठीक तो हो बेटा!"

इतनी तकलीफ के बावजूद माँ के मुँह से अपनी सलामती की चिंता को सुनकर सदानंदा का गला भर आया। वह रुँधे हुए गले से माँ के सीने से चिपट गया।

अपनी सामयिक समझदारी, चतुर बुद्धि व हौसले के साथ अपनी माँ की प्राण रक्षा करने की बहादुरी दिखाने के लिए सदानंदा सिंह को 'राष्ट्रीय बाल वीरता पुरस्कार' दिया गया।

माँ के दाएँ हाथ में करंट से जलने का निशान आज भी है, मगर अपने बेटे की समझदारीपूर्ण बहादुरी की चर्चा आने पर उन्हें आज भी गर्व होता है। सदानंदा सिंह की अपने प्रति प्रेम की भावना को सोचकर उनका मन भर आता है।

नन्हे दोस्तो,

चोट हमारे लगे कहीं जो,
तड़प उधर दिल में होती,
चाहे कहे नहीं कुछ मुँह से,
घुट-घुटकर अंदर रोती,
कभी दुःखी मत करना उसको,
चाहे लाख मुसीबत आए,
मोल नहीं ममता का कोई,
माँ आखिर माँ ही होती हैं।

□

पता बता दो

अंशिका पांडेय

अंशिका का स्कूल उसके घर से लगभग एक किलोमीटर की दूरी पर था। उसके पापा ने वादा किया था कि वह जैसे ही साइकिल चलाना सीख जाएगी, वह उसे स्कूल जाने के लिए साइकिल दिला देंगे और हुआ भी यही। दसवीं कक्षा में आते-आते अंशिका ने साइकिल सीख ली, तो पापा ने उसे साइकिल दिला भी दी।

अब अंशिका पंद्रह साल की होने को आई। वह कक्षा दस में पढ़ती है। उसकी साइकिल अब सड़क पर फर्राटे भरती है। सड़क खाली मिले तो वह सहेलियों के साथ रेस भी लगा लेती है। उसके साथ साइकिल से स्कूल जानेवाली सहेलियों का एक दल भी बन गया था। स्कूल का समय होते ही सभी सहेलियाँ अपने-अपने घरों से साइकिल लेकर निकल पड़तीं और राह में एक साथ हो जातीं। फिर फर्राटे भरती हुई बात की बात में स्कूल पहुँच जातीं। यही क्रम स्कूल से छुट्टी के समय वापसी में भी रहता था। आजादी से साइकिल चलाने में उन्हें जो आनंद मिलता, वह अवर्णनीय था।

वह चौदह सितंबर, 2015 की सुबह थी। आम दिनों की तरह अंशिका स्कूल जाने की तैयारियों में व्यस्त थी। उसे देर करना पसंद नहीं था। फिर आज तो सोमवार था और उसकी अर्धवार्षिक परीक्षा का पेपर भी था। कल की छुट्टी के बाद आज सहेलियों से मिलना होगा। पेपर से संबंधित ढेर सारी

बातें करने के लिए उसके मन में थीं। उसकी सहेलियाँ उसे गली के अगले मोड़ से ही मिलनी शुरू हो जानी थीं।

कॉपी-किताबें सँभालते हुए उसने साइकिल उठाई और 'मम्मी, मैं जा रही हूँ' कहती हुई घर से निकल गई।

घर से निकलकर वह गली में आई। उसका घर भरत नगर, सीतापुर रोड़ पर था। उत्तर प्रदेश की राजधानी लखनऊ में सितंबर की सुबह की वह सुहानी हवा मौसम को खुशगवार बनाए हुए थी। मस्ती में साइकिल चलाते हुए अंशिका मन-ही-मन कोई गाना गुनगुना रही थी। उसे इस बात का जरा भी एहसास नहीं था कि अगले पल उसके साथ जो होनेवाला है, वह उसकी जिंदगी में ऐसा परिवर्तन लाएगा कि अंशिका पहले वाली अंशिका नहीं रह जाएगी।

अभी वह गली में कुछ ही आगे चली होगी कि उसका ध्यान भंग हुआ।

वह तो मस्ती में गाती-गुनगुनाती अपने स्कूल के रास्ते पर बढ़ी चली जा रही थी। उसे लगा कि जैसे उसे किसी ने पुकारा हो। उसने देखा कि एक कार सवार उसे रोक रहा था। 'शायद गली में भटक गया होगा। रास्ता पूछ रहा है ?' अंशिका ने सोचा।

उसने साइकिल को धीमा कर कार की साइड में लगाया और कार सवार के पास जाकर लखनऊ की तहजीब के मुताबिक 'मैं आपकी क्या खिदमत कर सकती हूँ।' वाले अंदाज में रुक गई।

कार के ड्राइवर ने कहा, "बेबी, यह पता बता दो ?"

वह उसे उसका पूछा हुआ पता समझाने लगी। अंशिका के दो-एक बार बाएँ-दाएँ कहते ही उस एस.यू.वी. कार के चालक ने कहा, "जरा पीछे सीट पर जो साहब बैठे हैं, उन्हें बता दो ?"

अंशिका को भला क्या ऐतराज होता। उसने साइकिल को थोड़ा सा पीछे किया और पीछे बैठे व्यक्ति को पता बताने लगी।

तभी उस व्यक्ति ने अचानक हाथ बढ़ाकर अंशिका के बाल अपने हाथों

में पकड़ लिये और वह अंशिका को कार के अंदर की ओर खींचने लगा। यकायक हुए इस आक्रमण ने अंशिका को हैरान कर दिया। पहले तो वह समझ नहीं पाई, मगर दूसरे ही पल उसने अपने पैरों को कार के दरवाजों में फँसा दिया, ताकि वह अंदर न खिंच पाए और दरवाजा बंद न हो सके। साइकिल तो छूट ही चुकी थी।

जब वह अंशिका को कार के अंदर खींचने में सफल न हो पाया तो उसने ड्राइवर से कुछ देने के लिए इशारा किया। ड्राइवर ने तुरंत एक बोतल पीछे पकड़ाई। उसमें कुछ तरल पदार्थ था। उसने उसे अंशिका के चेहरे पर डालने के लिए खोलने की कोशिश की। ऐसा करके उसने सिर्फ डराने की कोशिश की या सचमुच उसमें एसिड जैसी कोई चीज थी, नहीं पता चला, लेकिन अंशिका को इतना होश कहाँ था। वह तो जी–जान से खुद को उसके पंजे से बचाने की प्रयास में जुटी थी। उसे भी आशंका हुई कि पता नहीं इस बोतल में क्या हो और कोई वश न चलते अंशिका ने उसके उस बोतल पकड़े हाथ में ही दाँत कर काट लिया। दर्द से बिलबिला गया वह शख्श। परिणामस्वरूप उसके हाथ से बिना खुली बोतल छूट कर नीचे सीट पर गिर

गई। और उसकी अंशिका पर पकड़ भी ढ़ीली हो गई।

इस बीच संयोग से अंशिका की एक सहेली गरिमा भी पीछे से साइकिल पर आ गई। उसने जब अंशिका को इस तरह अनजान कार सवार के साथ जूझते देखा तो वह मदद के लिए चिल्लाने लगी। तेजी से बदलते घटनाक्रम में उस व्यक्ति ने तुरंत चाकू निकाल लिया और अंशिका के चेहरे पर वार कर दिया। इस बीच अंशिका को थोड़ा सँभलने का मौका मिल गया तो उसने अपने चेहरे की ओर आते चाकू के वार को अपने हाथों से रोक लिया, जिससे उसका दायाँ हाथ तो जख्मी हो गया, मगर चेहरा बच गया। इन सारे प्रयासों में महत्त्वपूर्ण था कि कार का गेट बंद नहीं हो सका। उधर अंशिका की सहेली गरिमा लगातार चीखे जा रही थी। मजबूरन वे अंशिका को बाहर ही फेंककर तेजी से अपनी गाड़ी भगा ले गए।

निडर होकर साहस के साथ हमलावर का सामना कर अंशिका ने बहादुरी का परिचय दिया और दूसरे बच्चों के लिए मिसाल कायम की। अंशिका को देश के प्रधानमंत्रीजी ने 2017 में गणतंत्र दिवस के अवसर पर 'राष्ट्रीय बाल वीरता पुरस्कार' से सम्मानित किया।

नन्हे दोस्तो,

पता नहीं कब क्या हो जाए, रहो सदा तैयार,
खत्म न होता खर्चे ये धन, बाँटो सबको प्यार,
पर कुछ ऐसा नियम भी रहे,कहें सभी दिलदार,
दुश्मन के जानी दुश्मन, हम यारों के हैं यार।

□

नहर में आटो

घर में सुबह से सभी तैयारियों में लगे थे। खासकर बच्चों में बड़ा उत्साह था। सोलह साल का बिनिल मंजली और उसकी हमउम्र बहन बेहद उत्साहित थे, क्योंकि आज उनकी एक चचेरी बहन की सगाई का कार्यक्रम जो होना था। उन लोगों का घर वहाँ से तीस किलोमीटर की दूरी पर था। इस सगाई के लिए उन दोनों ने पापा-मम्मी से कहकर अपने लिए नए कपड़े बनवाए थे। बिनिल का अपना घर भी केरल राज्य में कोच्चि एयरपोर्ट के पास था।

बिनिल मंजली

सगाई का समय शाम का था, मगर घर-परिवार के इन लोगों को तो पहले ही जाना था। बिनिल के पापा ने सबके लिए किराए पर एक कार कर ली थी। वे सब उसमें बैठकर समय से पहले कार्यक्रम स्थल पर पहुँच गए। लड़की की सगाई का काम था, चार लोग हाथ बँटानेवाले तो चाहिए ही। मेहमानों की बात और थी, ये लोग तो घर के थे। फंक्शन वाले घर में दस तरह के काम होते हैं।

और सच में बिनिल व उसकी बहन पूरे दिन वहाँ पर चकरघिन्नी की तरह घूमते रहे, और ऐसा करना उन्हें अच्छा लग रहा था। शाम को जब मेहमान विदा हुए, तब तक अँधेरा घिर आया था। उनके जाने के बाद काफी देर तक परिवार में घरेलू बातों का सिलसिला चलता रहा। एक बार जाने की बात चली भी तो यह कहकर टल गई कि अरे कहाँ दूर जाना है, चले जाना! खैर खाना खाकर वे सब वहाँ से घर के लिए चले तो काफी रात हो चुकी

थी। उनकी आँखों में नींद जरूर थी, मगर अभी भी वे घर-परिवार की बातें ही कर रहे थे।

तय करनेवाली दूरी ज्यादा नहीं थी और रास्ते पर भी ज्यादा ट्रेफिक नहीं था, इसलिए कार भी हवा से बातें करती चली जा रही थी। अचानक, बिनिल की बहन की नजर सड़क पर रोते हुए एक बच्चे पर पड़ी, जो गाड़ियों से रुकने के लिए इशारा कर रहा था।

"रोकना, रोकना, जरा गाड़ी।" बिनिल की बहन ने जोर से कहा तो ड्राइवर के पैर ब्रेक पर कस गए।

लगभग दस-ग्यारह साल का बच्चा था वह, पूछने पर उसने बताया कि अभी-अभी सड़क के साथ बहनेवाली पेरियार नहर में उसके परिवार के लोग ऑटो समेत गिर गए हैं। वह उनको बचाने के लिए ही सबसे भाग-भागकर मदद माँग रहा है।

इतना सुनते ही बिनिल ने तुरंत अपने कपड़े उतारे और बच्चे से वह जगह पूछी, जहाँ वह ऑटो एक्सीडेंट होकर गिरा था। उसने देखा कि ऑटो अभी भी एक ओर पड़ा हुआ था। बिनिल को तैरना आता था, अतः उसने तुरंत नहर में छलाँग लगा दी। उस समय अँधेरा था और नहर के पानी के प्रवाह में तेजी भी थी।

मगर बिनिल को इससे क्या! पानी में कूदते ही उसने स्वयं को स्थिर किया, अब उसकी नजरें बड़ी तेजी से चारों तरफ किसी हलचल की तलाश कर रही थीं। अभी ज्यादा देर नहीं हुई थी। संभावना थी कि शायद वहीं किनारे किसी सहारे से कोई टिका हो और उसकी आशंका सही थी। उसे एक ओर किसी शरीर की हलचल का आभास हुआ। उसने तुरंत उस ओर तेजी से बढ़ना शुरू किया। जल्दी ही वह उसके पास पहुँच गया।

उसने देखा कि वह एक महिला थी। इतनी देर पानी में रहने के कारण वह कुछ बेसुध-सी थी। बिनिल ने उसे सावधानीपूर्वक पकड़ा और उसे लेकर किनारे की ओर बढ़ा, जहाँ उसके परिवार के लोग उसका हौसला बढ़ा रहे थे।

उसने तुरंत उस महिला को नहर से बाहर सुरक्षित पहुँचाया।

उसने उस बच्चे से जानना चाहा कि नहर में अब और कितने लोग हैं। बच्चे ने बताया कि अभी नहर में उसके पापा, ऑटो का ड्राइवर दो लोग और हैं। बिनिल एक बार फिर नहर के पानी में कूद गया। नहर का पानी शांत मंथर गति से आगे बढ़ा जा रहा था। बिनिल ने उसी के साथ बहते-बहते काफी आगे तक जाकर खोजने का प्रयास किया, मगर उसे कोई नहीं मिला। उसने नहर की पटरी के ऊपर खड़े लोगों से कहा कि अगर उन्हें कहीं कुछ हलचल नजर आ रही हो तो वे बताएँ, मगर किसी को उस रात के अँधेरे में किसी तरह का कोई सूराग नहीं मिला।

इस बीच बिनिल के पापा ने पुलिस और फायर ब्रिगेड को फोन कर दिया था। कुछ ही देर में सायरन बजाती हुई फायर ब्रिगेड और पुलिस की गाड़ियाँ आ गईं। उनके साथ ही गोताखोर भी आ गए, जिन्होंने बाकी दो अन्य लोगों के शव खोजकर नहर से ढूँढ़ निकाले। बिनिल को उन्हें न बचा पाने

का बहुत अफसोस था। वह सोच रहा था कि काश वह थोड़ा पहले आ गया होता।

यद्यपि उसकी हिम्मत और कुशलता से उस महिला शाइबी की जान बच गई थी।

पता चला कि वह अपने पति और बेटे के साथ वहाँ पास में ही स्थित एक धार्मिक स्थल से दर्शन करके वापस आ रहे थे। देर तो हो ही गई थी। जिस ऑटो से आ रहे थे उसके ड्राइवर की आँख लग गई। बस पल भर की चूक से वह आटो पर नियंत्रण खो बैठा और नहर में जा गिरा।

बिनिल की साहस और कार्यकुशलता से एक जीवन बच गया। उसे इस बहादुरी के लिए वर्ष 2016 के 'राष्ट्रीय बाल वीरता पुरस्कार' के लिए चुना गया।

जब देश की राजधानी में गणतंत्र दिवस के अवसर पर देश के प्रधानमंत्रीजी द्वारा उसे यह पदक दिया गया। तो उसके घर-परिवार, स्कूल और शहर के सब लोग खुशी से झूम उठे।

नन्हे दोस्तो,

नहीं मुसीबत से हम डरते,
वो पानी माँगें,
रात हो दिन हो सुबह शाम हो,
हम हर दम आगे,
हर पल सजग हमेशा रहते,
सोए कब, जागें,
खतरों से हम नहीं भागते,
वे हमसे भागें।

□

पकड़ा गया चोर

अक्षिता शर्मा

स्कूल की छुट्टी हुई तो सभी बच्चे अपनी-अपनी कक्षाओं से निकलकर घर जानेवाली भीड़ में शामिल हो गए। उसी भीड़ में अक्षिता और अक्षित भी थे। दोनों सगे भाई-बहन थे।

घर से उनका स्कूल दूर था, इसलिए वे दोनों प्राइवेट वैन से स्कूल आते-जाते थे। उनका घर राजधानी दिल्ली के जनकपुरी इलाके में था।

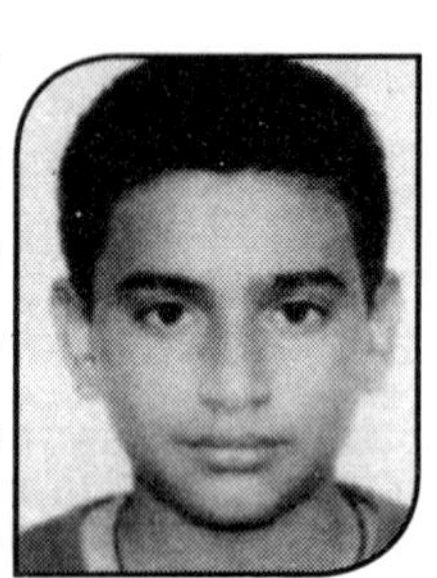

अक्षित शर्मा

आज भी स्कूल वैन ने उन्हें गली के बाहर छोड़ दिया। यह रोज की कहानी थी, क्योंकि उनकी गली की चौड़ाई कम थी और वहाँ स्कूल वैन ले जाकर घूम पाना मुश्किल था, इसलिए वैन उन्हें गली के बाहर ही छोड़ती थी। यह 8 दिसंबर, 2015 का दिन था, जहाँ वैन ने उन्हें कृष्णा मंदिर के पास छोड़ा। वहाँ से घर तक का रास्ता कुल पाँच-सात मिनट का था।

उनका घर एक ऐसी चार मंजिल की बिल्डिंग में था, जिसमें नौ फ्लैट थे। नीचे का सारा ग्राउंड फ्लोर का हिस्सा पार्किंग के लिए था, जहाँ पर हमेशा की तरह अभी भी एक कार व बाइक खड़ी थीं, क्योंकि ज्यादातर लोग तो इस समय अपने काम पर निकले हुए थे। इन लोगों का घर अपर ग्राउंड पर सामने ही था।

सुबह बच्चों को स्कूल के लिए तैयार करके विदा करने के बाद उनके मम्मी-पापा भी अपने जॉब के लिए निकल जाते थे। घर की एक एक चाबी मम्मी-पापा के पास रहती और एक अक्षिता के पास।

दोपहर में स्कूल से आने के बाद ये दोनों ही घर का ताला खोलते थे। आज भी ऐसा ही होनेवाला था। अक्षिता बड़ी थी। वह सोलह साल की दसवीं कक्षा की छात्रा, जबकि अक्षित उससे लगभग ढ़ाई साल छोटा कक्षा सात का छात्र था। कंधे पर बैग लटकाए अक्षिता आगे-आगे थी, क्योंकि घर की चाबी उसी के पास थी।

सीढ़ियों पर चढ़ते-चढ़ते उसने अपने बैग से चाबी निकाली और आगे बढ़कर लोहे के गेट में लगे ताले को खोलने के लिए हाथ बढ़ाया तो वह हैरान रह गई। दरवाजा तो खुला ही था। वह बस चिपका हुआ था।

"अरे, यह क्या?" अक्षिता ने सोचा कि शायद मम्मी या पापा में से कोई अपने ऑफिस से जल्दी आ गए हैं, मगर उन्होंने सुबह तो ऐसा कुछ हम लोगों को बताया नहीं था। हो सकता है, कोई इमरजेंसी काम पड़ गया हो।

सोचते-सोचते अक्षिता ने अंदर के लकड़ी वाले दरवाजे में धक्का मारा, मगर दरवाजा टस-से-मस न हुआ। अब उसने आगे बढ़कर दरवाजे को खटखटाया।

कुछ देर तो उसने दरवाजा खुलने का इंतजार किया, मगर जब काफी देर तक अंदर से कोई प्रतिक्रिया नहीं आई तो उसे दाल में कुछ काला लगा। उसने तुरंत अक्षित को आवाज देकर अपने पास बुलाया।

अब दोबारा फिर से दरवाजा खटखटाया तो अंदर से किसी अनजानी आवाज ने पूछा, "कौन है?"

अब तो इनका शक यकीन में बदल गया कि जरूर कुछ-न-कुछ गड़बड़ है। दोनों ने ही चुप्पी साध ली और काफी देर तक कोई जबाब नहीं दिया।

अक्षिता दबे पाँव सीढ़ियों से नीचे उतर आई। अब वह रेलिंग पार करके ऊपर रोशनदान की ओर बढ़ी। उसने वेंटीलेटर से चुपके से झाँककर देखा तो

वह हैरान रह गई। अंदर ड्राइंगरूम में दो हट्टे-कट्टे आदमी हाथों में दो बैग लिये चहलकदमी कर रहे थे।

उसने अक्षित को संकेत किया कि अब वह दरवाजे को खटखटाए। जब लगातार दरवाजा खटखटाया जाने लगा तो उनमें से एक चोर सामान का थैला लेकर बालकनी की खिड़की से कूदकर भागने लगा। यहाँ तो अक्षिता पहले से ही तैनात थी।

अक्षिता चोर को पकड़ने के लिए उसकी ओर भागी। चोर ने उसे जोर का धक्का दिया, लेकिन पलटकर अक्षिता जब उसे बाँहों में भरकर पकड़ने लगी तो उसने अक्षिता की गरदन पकड़ ली और खुद को छुड़ाने के लिए वह अक्षिता को थप्पड़ मारने लगा।

अक्षिता आँखों पर चश्मा पहनती थी, चोर द्वारा उसके चेहरे पर किए गए थप्पड़ों के वार से उसका चश्मा नीचे गिर गया। जिससे अक्षिता की पकड़ थोड़ी ढ़ीली हो गई, जिससे चोर को मौका मिल गया और वह खुद को छुड़ाकर भाग गया।

उधर अक्षित ने जब दीदी को चोर से भिड़ते देखा तो वह भी दौड़कर

दरवाजे से सीढ़ियाँ उतरता हुआ बालकनी की ओर भागा आया, लेकिन तब तक वह चोर अक्षिता को धक्का देकर भाग चुका था।

मगर अभी दूसरा चोर अंदर था, जो पहले चोर के सुरक्षित निकल जाने का इंतजार कर रहा था। जब उसने उसे जाते हुए देखा तो वह भी अपना बैग लिये तेजी से भागा, मगर इस बार अक्षिता अकेली नहीं थी। उसका साथ देने के लिए उसका भाई मौके पर आ चुका था।

दोनों ने दौड़कर चोर को दोनों हाथों से कसकर दबोच लिया साथ ही वे 'चोर, चोर⋯' कहकर जोर से चिल्लाने लगे। जिसे सुनकर कई पड़ोसी घरों से निकलकर आ गए। शोर सुनकर चौकीदार ने झट से मुख्य द्वार बंद कर दिया नतीजा ये निकला कि चोर माल समेत पकड़ लिया गया।

इस बीच किसी ने झट से 100 नंबर पर फोन कर दिया। पुलिस की गाड़ी जल्द ही आ गई।

और जब उसे पकड़कर पुलिस ने अपने ढ़ंग से पूछताछ की तो उसने सारा राज उगल दिया। इस तरह उसका दूसरा साथी भी पकड़ा गया। फिर तो उन्होंने और भी कई घरों में की गई चोरियाँ कबूल कीं।

इस तरह अक्षिता और अक्षित की बहादुरी व समझदारी से न केवल उनके घर से चोरी होनेवाला सामान बच गया, बल्कि चोर भी पकड़े गए, जिससे भविष्य में उनके द्वारा की जानेवाली चोरियों से भी लोग बच गए।

अक्षिता और अक्षित शर्मा को उनकी निर्भीकता और अदम्य साहस के लिए प्रधानमंत्रीजी ने 'राष्ट्रीय बाल वीरता पुरस्कार' से सम्मानित किया।

नन्हे दोस्तो,

नहीं देखते आँधी तूफाँ, रुके राह तो भिड़ जाएँ,
एक बार आगे आएँ तो कदम खुद ब खुद बढ़ जाएँ,
छोटा देख भूल मत करना, हम माचिस की तीली हैं,
रगड़ा तो जल उठें आग बन,सबके पाँव उखड़ जाएँ।

□

खिलाड़ी का नया दाँव

"शिबू, चल रहा है न प्रैक्टिस के लिए?" उसके दोस्त ने बाहर से आवाज लगाई।

"क्यों नहीं, चलो, चल रहा हूँ।" कहते हुए अखिल के. शिबू ने फुटबॉल उठाई और दोस्त के साथ मैदान की ओर चल दिया।

अखिल के. शिबू

सोलह साल का अखिल के. शिबू केरल में कक्षा ग्यारह का छात्र था। उसकी बचपन से खेलों में रुचि थी। शुरू में तो उसने कई खेलों में अपने हाथ आजमाए, मगर सीनियर कक्षा तक पहुँचते-पहुँचते उसे पता चल गया कि उसका प्रदर्शन फुटबॉल में अच्छा है। वह उसमें ही अच्छे-से-अच्छा करता चला गया। स्कूली स्तर पर उसके अच्छे प्रदर्शन को देखते हुए उसका चयन जिले की फुटबॉल टीम में कर लिया गया।

इससे उसका हौसला बढ़ गया और अब वह दुगने जोश के साथ फुटबॉल के अभ्यास में जुट गया था। इसी अभ्यास के सिलसिले में अभी, उसका दोस्त उसे लेने आया था। यह वर्ष 2015 की दिसंबर महीने की 23 तारीख थी।

शिबू अकसर अपने दोस्तों के साथ पंपा नदी के किनारे के खुले मैदान में फुटबॉल का अभ्यास करता था। आज भी वह दोस्तों के साथ वहीं था। इस खुली जगह से नदी के उस पार जाने के लिए एक पुल था, जिसे रानी

पुल कहते थे। पुल के उस पार नदी के दूसरे किनारे पर भगवान् अयप्पा का विशाल मंदिर था। वैसे तो वहाँ श्रद्धालुओं की आवाजाही लगी ही रहती थी, मगर विशेष अवसरों पर जब मेला आदि लगता तो नदी के दूसरी ओर का विशाल मैदान भी श्रद्धालुओं से भर जाता था।

मगर अभी तो ऐसी कोई बात नहीं थी। इसलिए शिबू के लिए वह खुला मैदान भगवान् अयप्पा की ओर से दी गयी खूबसूरत भेंट जैसा था। शिबू संकोची और अंतर्मुखी प्रवृत्ति का था। किसी से लड़ता नहीं था, कोई अगर कभी गुस्सा भी करे तो मुसकरा भर देता, जिसे देख गुस्सा करनेवाले का गुस्सा हवा हो जाता।

दोस्तों के साथ उसका फुटबॉल का अभ्यास चल रहा था कि अचानक रानी पुल के दूसरी ओर से नदी के किनारे बने घाट रामापुरम् घाट से चीख-चिल्लाहट और 'बचाओ, बचाओ' की आवाजें आने लगीं। जिन्हें सुनकर शिबू और उसके साथी खिलाड़ी खेलना छोड़कर पुल पार करते हुए दूसरी ओर घाट पर पहुँच गए।

उन्होंने देखा कि आठ-दस लोग घाट के किनारे खड़े चिल्ला रहे थे। उनकी नजरों का केंद्र एक व्यक्ति था, जो नदी के पानी में डूबता-उतराता हुआ जीवन और मृत्यु के बीच संघर्ष कर रहा था।

वहाँ पर खड़े लगभग सभी लोगों को पता था कि वह व्यक्ति जिस जगह पर बचने के लिए हाथ-पाँव मार रहा था, वहाँ पंपा नदी की गहराई करीब बारह मीटर थी। इसी डर से तैरना जाननेवाले लोग भी बचाव के लिए नदी में कूदने से डर रहे थे।

मगर शिबू को क्या ? उसने एक पल की भी देरी किए बिना अपना लक्ष्य निर्धारित कर लिया और नदी में छलाँग लगा दी। उसे यह नहीं मालूम था कि डूबने-वाला कौन है, वह कहाँ का रहने वाला है ? बस उसे यह पता था कि उसे तैरना आता है और सामने कोई डूब रहा है। यहाँ खड़े रहना उसे मंजूर नहीं था। उसे डूबनेवाले को हर हाल में बचाना था।

वह तेजी से तैरता हुआ वहाँ तक पहुँचा और उसने डूबनेवाले के हाथ को पकड़ लिया, मगर यह अति उत्साह में उठाया गया उसका कदम, घातक साबित हुआ। घबराहट में डूबनेवाले ने शिबू को ही कसकर पकड़ लिया। अब वे दोनों नदी की गहराई में डूबने लगे। घाट पर खड़े लोगों की जान हलक में अटक गई। उन्हें लगा कि जिस डर से वे लोग नदी में नहीं कूद रहे थे, वह सच साबित होने जा रहा है।

इधर शिबू ने जब बाजी पलटती देखी तो उसने नया दाँव खेला। शिबू ने झटका देकर खुद को एकदम से पानी में नीचे कर लिया, जिससे वह डूबनेवाले की पकड़ से आजाद हो गया।

शिबू ने हिम्मत नहीं हारी और अब वह पलट कर डूबनेवाले व्यक्ति के बिल्कुल पीछे पहुँचा। उसने उसे पीछे से धक्का मार-मारकर किनारे की ओर धकेलना शुरू कर दिया।

घाट पर खड़े लोगों के चेहरे पर चमक आ चुकी थी। वे लोग अब शिबू को उत्साहित कर रहे थे। धीरे-धीरे शिबू की मेहनत रंग ला रही थी। वे दोनों किनारे की ओर आते जा रहे थे। आखिरकार शिबू की अटूट लगन के आगे

नदी ने हार मानी और शिबू उस व्यक्ति को लेकर किनारे तक आ गया।

इस प्रयास में हालाँकि शिबू बुरी तरह थक चुका था, लेकिन अपने जीवन को खतरे में डालकर भी उसने अपनी तत्परता से एक बहुमूल्य जीवन बचा लिया था।

सभी लोगों ने शिबू के साहस की खूब तारीफ की। फुटबॉल के साथियों ने शिबू को अपने कंधों पर उठा लिया।

घाट पर खड़े उसके साथी लोगों ने बताया कि वे एक साथ मिलकर भगवान् अयप्पा के दर्शन के लिए पास के गाँव से आए थे। दर्शन से पहले वे सब एक साथ पंपा नदी में नहा रहे थे। तभी अचानक उनके साथी हरीनारायन नदी की एक तेज धारा के बहाव में फिसलकर उस गहराई में जा फँसे।

जिसने भी सुना, उसने शिबू के साहस की सराहना की। उसका नाम राष्ट्रीय बाल वीरता पुरस्कार के लिए प्रस्तावित किया गया और अखिल के. शिबू को 2016 का 'राष्ट्रीय बाल वीरता पुरस्कार' प्रधानमंत्रीजी द्वारा प्रदान किया गया।

नन्हे दोस्तो,

खेल-खेल में खेल हो गया, पहुँच गए सबसे आगे,
सबसे बड़ा खिलाड़ी वो, जो खेल छोड़कर न भागे,
जो कुछ पाया सब इस जग से,दे दो अपना क्या लागे,
देने वाले बनो हमेशा, कभी किसी से क्या माँगे।

□

और मेरी चप्पल

नमन

नमन की गरमी की छुट्टियाँ चल रही थीं। वह ग्यारहवीं कक्षा का छात्र था। उसका घर दिल्ली के पीतमपुरा गाँव में था और उसके पिता शमशेर पहलवान जो अपने इलाके के मशहूर पहलवान थे। वे पहलवानी की प्रैक्टिस की वजह से घर पर कम रह पाते थे और इसी कारण बच्चे उनसे कम ही मिल पाते।

हरियाणा की सीमा दिल्ली से बिल्कुल लगी हुई है। उसकी नानी का घर उसके घर से मात्र तीस किलोमीटर की दूरी पर था। नमन अकसर स्कूटी उठाता और सोनीपत हरियाणा में अपनी नानी के यहाँ चला जाता। दिल्ली शहर में पानी की सप्लाई पश्चिमी यमुना नहर से होती, जो नमन की नानी के गाँव के किनारे से होकर गुजरती थी।

गरमियों में मजे करने के लिए नानी के गाँव की नहर बच्चों के लिए एक बड़ा आकर्षण होती। जिसमें वे दिन में खूब नहाते धमा-चौकड़ी मचाते और गरमी से राहत पाते। नमन तो अकसर दोस्तों के साथ उसमें तैरता, कभी सीधा तो कभी उल्टा। वह तैरता हुआ काफी दूर तक निकल जाता। उनकी आपस में होड़ भी होती कि कौन आगे निकले, और अकसर नमन बाजी मार लेता।

इस बार भी ऐसा ही हुआ। नमन छुट्टियों में अपने छोटे भाई कुलश्रेष्ठ

के साथ नानी के गाँव नाहरा चला आया। उसकी नानी के घर दरवाजे से नहर दिख जाती थी। दूरी होगी यही कोई पाँच सौ मीटर के करीब!

यह 2 जुलाई 2015 का समय था। उस दिन जब नमन सुबह उठा तो उसका मन खेतों की ओर घूमने को किया और वह सुबह-सवेरे टहलते-टहलते खेतों की ओर निकल गया था। खूब घूम-फिरकर जब उसका मन भर गया तो वह खेतों से वापस घर आ गया। वापस आकर उसने खाना खाया, कुछ देर आराम किया और दोपहर बाद अपने मामा के बेटे यानी अपने ममेरे भाई निशांत और हिमांशु के साथ भैंसों को लेकर फिर एक बार घर से निकल गया। उन दोनों की उम्र बारह और दस साल की थी। उसके मामा के घर खेती होती थी और उनका ईंटों का भट्टा भी था।

साथ में नमन का छोटा भाई कुलश्रेष्ठ भी था। उन्होंने भैंसों को तो नहर के किनारे की ओर चरने के लिए छोड़ दिया और खुद वहाँ से करीब एक किलोमीटर आगे जाकर नहर के पानी में छलाँग लगा दी, अब वे मस्ती से पानी में तैरने लगे। यह करीब शाम के चार बजे के आस-पास की बात रही होगी। वे लगभग एक घंटे तक खूब तैरे। बाहर की गरमी से उनका मन अभी और पानी में बने रहने का हो रहा था।

तभी निशांत ने कहा, "चलो भैया, अब घर चलो।"

वे थक भी चुके थे, इसलिए पानी से बाहर निकल आए। अब उन सबका इरादा घर जाने का था।

वे जहाँ पर तैर रहे थे, वहाँ से दूर आगे पुल के पास उनकी भैंसें नहर के किनारे अभी भी चर रही थीं।

अपने गाँव में जाने के लिए उन्हें उस पुल को पार करके ही जाना होता। पुल की ओर वापसी में जाते हुए नहर की पटरी पर किनारे-किनारे चलते हुए उनके पैर धूप की वजह से जल रहे थे।

दूर नहर के पुल पर उनकी नजरें जमी हुई थीं, क्योंकि पुल के साथ ही एक मंदिर बना हुआ था, जहाँ पर वे आते समय अपने कपड़े और

जूते-चप्पल छोड़ आए थे। नहर में नहानेवाले सभी लड़के अकसर ऐसा ही करते थे।

वे शीघ्र ही वहाँ पहुँचकर कपड़े बदल लेना चाहते थे। अपने जूते-चप्पल पहन लेना चाहते थे, ताकि जलते हुए पैरों में राहत मिल सके।

वे चारों एक साथ आगे पुल की ओर बढ़ते चले जा रहे थे, तभी नमन की नजर नहर में पैर डालकर उन्हें हिलाते हुए विशाल पर पड़ी। विशाल छह-सात साल का लड़का था और नमन की तरह अपनी दादी के पास घूमने के लिए गाँव में आया हुआ था। उसके पापा दिल्ली के नांगलोई इलाके में रहते थे। नमन उसे देखता हुआ आगे बढ़ गया। वही सबसे आगे था। उसके पीछे निशांत, हिमांशु और कुलभूषण थे।

वे अभी थोड़ा ही आगे बढ़े होंगे कि अचानक पीछे से 'बचाओ-बचाओ' की आवाज सुनाई दी। नमन ने तो नहीं ध्यान दिया, मगर कुलभूषण जो सबसे पीछे था वह चिल्ला पड़ा, "देखो, शायद लगता है कि कोई डूब रहा है?"

उसकी आवाज सुनकर नमन पलटा तो उसने देखा कि वह विशाल ही है, जो नहर के बहाव की दिशा में हाथ-पैर मारता बचने के प्रयास करता बहा चला जा रहा है।

पता नहीं कि नहर के पानी में पाँव डाले अचानक उसका संतुलन बिगड़ गया या जहाँ वह बैठा था, वहाँ की मिट्टी धसक गई··· बहरहाल अब वह लहरों में तेजी से बहा चला जा रहा था। 'जल्दी ही कुछ करना होगा, नहीं तो विशाल का बच पाना मुश्किल है' नमन ने सोचा।

उसने एक पल की भी देरी लगाए बिना नहर में एक बार फिर से छलाँग लगा दी, यह जानते हुए भी कि जिस जगह उसने छलाँग लगाई है, वह जगह बेहद खतरनाक थी।

नमन छलाँग लगाकर तैरते-तैरते बहते हुए विशाल के नीचे पहुँचा। नमन ने विशाल को कमर से पकड़कर ऊपर उठा लिया, ताकि उसे साँस मिलती रहे। वह अब उसे लिये हुए किनारे की ओर बढ़ने लगा। नहर के किनारे की ओर बड़ी-बड़ी घास थी, जिसमें अकसर साँप या दूसरे जहरीले कीड़ों के मिलने का डर था। इसके साथ ही एक खतरा और था कि नहर पर वहाँ पहले एक पुराना पुल था, जिसे तोड़कर उसके पीछे ये नया पुल

बनाया गया था। उस पुराने पुल का मलबा अभी नहर के अंदर ही पड़ा था। जो लोग भी पुल से कूदकर नहर में तैरते थे, मलबे में लगे हुए सरियों से टकराकर अकसर घायल हो जाते थे। ऐसे लोगों को दुर्घटनाग्रस्त होते हुए अकसर नमन ने देखा था, इसलिए वह बहुत सतर्क होकर किनारे की ओर बढ़ता जा रहा था।

खैर नमन विशाल को लेकर सफलतापूर्वक नहर के किनारे ऊपर तक आ गया। विशाल बहुत जोर से खाँस रहा था। नमन के बहुत बचाते–बचाते भी उसके पेट में पानी चला गया था।

बच्चों को यह सुनकर उस समय बहुत हँसी आई, जब बजाय बचाने के लिए धन्यवाद कहने के, विशाल ने रोते हुए कहा, "अरे भैया, मेरी चप्पल तो बह गई ?"

नमन ने अपनी जान को खतरे में डाल कर अतुलनीय साहस से एक बच्चे की जान बचाई। इसके लिए नमन को 'राष्ट्रीय बाल वीरता पुरस्कार' से सम्मानित किया गया।

नन्हे दोस्तो,

अगर हम चाह लें दिल में, भला क्या कर नहीं सकते,
ये मुमकिन है भले कुछ हो, मगर हम डर नहीं सकते,
बुरा कुछ हो न अपने सामने, हम सह नहीं सकते,
जो हो, कर के दिखाते हैं, खड़े हम रह नहीं सकते।

□

धधकती आग में

निशा दिलिप पाटिल

ग्यारहवीं कक्षा में पढ़नेवाली निशा काफी देर से अलमारी में रखीं अपनी किताबें उलट-पुलटकर रही थी।

जब काफी देर तक ढूँढ़ने से भी उसकी सामान्य ज्ञान की किताब न मिली तो निशा को ध्यान आया कि अरे, उसकी किताब तो चार दिन पहले उसकी पड़ोस की रहनेवाली सहेली अर्चना ने पढ़ने के लिए माँगी थी। हत्तेरे की…

'यह अर्चना भी न, किताब ले जाएगी तो वापस नहीं करेगी, जब तक माँगने न जाओ' निशा मन-ही-मन भुनभुनाती हुई घर से बाहर निकली। अब वह अर्चना के घर की ओर बढ़ रही थी। यह महाराष्ट्र राज्य का भड़गाँव ताल्लुका था।

कुछ देर बाद उसे स्कूल जाने के लिए तैयार होना था। निशा का स्कूल उसके घर से करीब दो किलोमीटर की दूरी पर था। उसके स्कूल का समय था, बारह बजे से पाँच बजे तक का, मगर अभी तो वह अर्चना से अपनी किताब लेने जा रही थी। जिसकी उसे आज जरूरत पड़ गई थी। चीज अपने पास होते हुए भी दूसरे से माँगने जाओ। गुस्सा तो उसे इसलिए था कि और इसके लिए वह ध्यान क्यों नहीं रखती है किसी से चीज लेकर उसे वापस करने का। वह जाकर अर्चना को डाँट लगाएगी।

लेकिन अर्चना के घर तक पहुँचते-पहुँचते उसका गुस्सा ठंडा हो चुका था। अर्चना उससे छोटी थी और कक्षा नौ में पढ़ती थी। निशा को आता देख अर्चना समझ गई और [illegible] से किताब उठाकर ले आई तथा कान पकड़ कर सॉरी बोला तो निशा का रहा-सहा गुस्सा भी जाता रहा।

कुछ देर आपस में बातें करने के बाद निशा वहाँ से चल दी।

अब वह निश्चिंत थी कि आराम से तैयारी कर स्कूल जाएगी। किताब मिल जाने से उसकी चिंता खत्म हो गई थी। वह खूब पढ़ना चाहती थी, क्योंकि उसके घर की आर्थिक स्थिति ज्यादा अच्छी नहीं थी। पिता दिलीप गुलाब पाटिल मजदूरी करते थे। बड़े भाई योगेश ने भी घरेलू स्थितियों के कारण पढ़ाई छोड़ दी थी।

मगर वे लोग उसे पढ़ाना चाहते थे तो निशा ने भी तय कर लिया कि वह हिम्मत नहीं हारेगी। जब तक परिस्थितियाँ साथ देंगी वह आगे पढ़ेगी।

अपने खयालों में खोई निशा अभी अपने घर की ओर बढ़ ही रही थी कि रास्ते में पड़नेवाले दीपाली भाभी के घर से उसे धुआँ निकलता दिखाई दिया। निशा चौंक गई, क्योंकि यह धुआँ चूल्हे-चौकेवाला नहीं था।

निशा तेजी से कदम बढ़ाती हुई उस ओर बढ़ी। घर में सामने दरवाजा तो खुला हुआ था, मगर उस पर परदा पड़ा हुआ था।

"भाभी··· भाभी··· दीपाली भाभी··· कहाँ हो?" निशा बराबर आवाज लगा रही थी। मगर अंदर से कोई जबाब उसे नहीं मिला। परदा हटाकर वह अंदर की ओर घुसी तो चौंक गई, क्योंकि उस परदे में ही आग लगी हुई थी।

वह हिम्मत कर अंदर घुसी तो उसने देखा कि ऊपर छत की लकड़ी की कड़ियों में आग लगी हुई थी। 'शायद शार्ट सर्किट से यह आग लग गई है' निशा ने सोचा।

अभी वह यह सब देख कर हैरान ही थी कि तभी किचेन के साथ लगे कमरे से उसे किसी बच्चे के रोने की आवाज सुनाई दी।

जरूर यह पूर्वी होगी, निशा समझ गई।

वह आगे बढ़ी, मगर उसे छह महीने की पूर्वी कहीं नजर नहीं आई। हाँ, उसकी आवाज जरूर आ रही थी। उसने ध्यान से देखा कि नीचे बिस्तरे के पास किनारे पर पूर्वी पड़ी है और रोए चली जा रही है। उसका झूला, जिसमें वह झूल रही थी, ऊपर छत से बँधा था। आग के कारण जिसकी रस्सी जल चुकी थी और झूला पूर्वी के साथ नीचे गिरा पड़ा था।

अब आग अपने भयावह रूप में लपटें उठाने लगी थीं। निशा ने बिना एक पल की भी देरी किए पूर्वी को उठाया और शीघ्रता से बाहर की ओर चल दी। अचानक उसके पीछे बड़े जोर की आवाज हुई। उसने पलट कर देखा कि जहाँ पूर्वी लेटी हुई थी, वहाँ ऊपर से लकड़ी की मोटी जलती हुई कड़ी टूट कर गिर पड़ी है। अगर जरा सी देर और हो जाती तो···

वह एक बारगी काँप गई और उसके मुँह से एक जोरदार चीख भी निकल गई। उसने जोर से अपना सिर झटका और वह तेजी से पूर्वी को लिये घर के दरवाजे से बाहर की ओर आ गई।

उसकी चीख को सुनकर तथा आग और धुएँ को देख मुहल्ले में कई लोग अपने-अपने घरों से बाहर निकल आए। निशा ने देखा उनमें उसकी सहेली अर्चना, फातिमा और माया भाभी भी थीं।

उसने जल्दी से माया भाभी की गोदी में पूर्वी को दे दिया। उसने कहा

आग किचेन के पास लगी है, जहाँ गैस का सिलेंडर भी रखा हुआ है। आग से गैस का सिलेंडर कहीं फट न जाए, नहीं तो तबाही मच जाएगी।

मगर उस धधकती आग में बेखौफ घुस पाने का साहस किसमें था। संयोग ही था कि वह गैस का सिलेंडर फटा नहीं।

दरअसल हुआ यह था कि दीपाली पूर्वी को सोता हुआ छोड़कर अपने ढ़ाई साल के बेटे गुड्डू को आँगनबाड़ी स्कूल में छोड़ने गई थी। ऐसा वे अकसर करती थीं।

उन्हें क्या पता था कि उनका आज का यह थोड़ी देर के लिए घर छोड़कर जाना इतना भारी पड़ जाएगा। पंद्रह–बीस मिनट बाद जब वे लौटकर आईं, तब तक उनका घर तबाह हो चुका था।

वहाँ रखे गेहूँ जलकर काले पड़ चुके थे। पापड़ डिब्बे के अंदर रखे ही भुन गए थे। टी.वी. सेट और बेड जल गए थे, जिन्हें पानी डालकर बुझाया गया। तमाम लोग वहाँ आकर जमा हो गए। नगर सेवक भी आए। सभी एक स्वर से निशा की बहादुरी की तारीफ कर रहे थे।

"ये सामान तो दोबारा आ जाएगा, मगर पूर्वी की जिंदगी दोबारा नहीं मिलती।" नगर सेवक ने कहा।

उन्होंने और अन्य सभी लोगों ने सहायता देकर दीपाली के पति ज्ञानेश्वर की मदद की, जो कि एक मजदूर थे, उनका घर फिर से व्यवस्थित कर वाया गया। सभी ने निशा की जी भर कर प्रशंसा की। निशा के स्कूल अहिल्याबाई होल्कर की ओर से उसको सम्मानित किया गया और उसका नाम 'राष्ट्रीय बाल वीरता पुरस्कार' के लिए प्रस्तावित किया।

उसे इसी वर्ष देश के प्रधानमंत्रीजी ने राजधानी दिल्ली में गणतंत्र दिवस के अवसर पर यह पुरस्कार प्रदान किया।

निशा इस समय बी.एस–सी. की छात्रा है। उसको आगे पढ़ाई में सरकार मदद करेगी।

नन्हे दोस्तो,

धधक रही हो आग, नहीं डरते उससे मतवाले,
बिना डरे खतरे में घुस औरों को साफ बचा ले,
डूब रहा हो कोई, जा सागर से उसे निकाले,
वीर साहसी काट रहे संशय विभ्रम के जाले।

□

छुट्टी का दिन

हाँ, वह छुट्टी का ही दिन था। तारीख थी 4 मई, 2015 का।

बदरुनिसा के. पी.

केरल राज्य की बदरुन्निशा दसवीं कक्षा की छात्रा थी। उसकी स्कूल की फाइनल परीक्षा हो चुकी थी। उसका स्कूल उसके गाँव से दूर था। बदरुन्निशा अपने स्कूल के लिए बस में बैठकर जाया करती थी। वह बस उसे उसके गाँव से ही मिल जाती थी। सुबह साढ़े नौ बजे बस से वह अपनी अन्य सहेलियों के साथ स्कूल चली जाती थी। मगर आज तो खैर छुट्टी ही थी, इसलिए आज वह अपनी बड़ी बहन कमरुन्निशा के साथ तालाब पर कपड़े धोने के लिए आ गई। गाँव के सारे लोग उसी तालाब पर कपड़े धोने और कभी-कभी नहाने के लिए भी आते थे। यह घाट महिलाओं के प्रयोग का था। पुरुष इस ओर थोड़ा कम ही आते थे।

बदरुन्निशा और कमरुन्निशा दोनों अपने कपड़े धो रही थीं और साथ में बातें भी करती जा रही थीं। उन्होंने देखा कि उनके पड़ोस में रहनेवाली विस्माया भी अपनी मम्मी के साथ तालाब की ओर चली आ रही है। उसकी उम्र लगभग पंद्रह साल की थी।

उछलती-कूदती विस्माया भी अपनी मम्मी के साथ तालाब पर कपड़े धुलवाने आई थी। उसे खुश देखकर कमरुन्निशा ने पूछा, “विस्माया, क्या बात है, आज बहुत खुश दिखाई दे रही हो ?”

"हाँ आपा, आज छुट्टी जो है। आज मैंने अम्मी को राजी कर लिया है कि मैं तालाब में नहाऊँगी।" विस्माया ने मुसकराते हुए जबाब दिया।

उसकी अम्मी ने तुरंत रोकते हुए कहा, "नहीं, बिल्कुल गलत, मैंने कब कहा है नहाने के लिए?"

विस्माया ठुनकती हुई बोली, "अभी तो घर पर कहा था। अब क्यों पलट रही हो?"

"मैंने नहीं कहा था। तू ही तो कब से मेरे पीछे पड़ी हुई थी। जबरदस्ती लगी हुई···नहाना है,···नहाना है।"

"यहाँ तालाब में खतरा है, फिर तैरना भी तो नहीं आता, न तुझे न मुझे।"

"अम्मी, अब नहाने भी दो ना!" विस्माया ने उन्हें मनाते हुए कहा।

"चल उस तरफ घाट पर चलते हैं। यहाँ ये दोनों बहनें कपड़े धो रही हैं" उसकी अम्मी ने बदरुन्निशा और कमरुन्निशा की ओर इशारा करते हुए कहा।

बदरुन्निशा हँसकर बोली "क्यों यहाँ क्या हुआ?"

"अरे, यहाँ जगह कम है और यह अपनी बक-बक से तुम्हें भी परेशान करती रहेगी।" उन्होंने कनखियों से विस्माया को देखते हुए कहा।

बदरुन्निशा और कमरुन्निशा कहती ही रह गईं और विस्माया की अम्मी वहाँ से आगे के घाट पर कपड़े धोने चली गईं। उनके पीछे-पीछे ही चुहल करती हुई विस्माया भी चली गई।

कमरुन्निशा, जो उन्नीस साल की थी और बदरुन्निशा से करीब साढ़े तीन साल से भी अधिक बड़ी थी बोली, "यह विस्माया भी न, एक अजूबा ही है। सारा दिन शोर करती रहेगी ऐसे ही घर में, न रहे तो घर में सन्नाटा ही रहे सारे दिन।"

"हाँ, बाजी हमारी मैडम कहती हैं कि बच्चे होते ही हैं शरारती, अगर वे ऐसे न हों तो उन्हें बच्चे ही कौन कहे?" यह कहकर बदरुन्निशा हँसने लगी।

कमरुन्निशा ने भी उसकी हँसी में उसका साथ दिया। फिर वे घर-परिवार की बातों में लग गईं।

उधर विस्माया ने लगातार अपना प्रयास जारी रखते हुए आखिरकार अपनी कोशिश कामयाब कर ही ली। अब वह तालाब में नहाने के लिए उतरने की तैयारी कर रही थी।

बदरुन्निशा ने अपनी बड़ी बहन की ओर देखकर विस्माया की ओर इशारा किया और खिस्स से हँस दी। वे फिर तेजी से अपने कपड़े धोने में लग गईं।

उधर विस्माया पानी में धमा-चौकड़ी मचाने लगी। उसकी अम्मी अभी भी उसे उछल-कूद करने से रोक रही थी।

अचानक पानी के अंदर ही उसका पैर कहीं फिसल गया, साथ ही उसको एक डुबकी भी लग गई। डुबकी के साथ ही उसके मुँह में भी कुछ पानी चला गया। हड़बड़ाकर बाहर आते ही वह जोर से चीख पड़ी। उसकी अम्मी की नजर तो उस पर थी ही। चीख की आवाज सुनकर बदरुन्निशा और कमरुन्निशा दोनों एक साथ चौंक पड़ी।

उसकी अम्मी तुरंत दौड़कर विस्माया को बचाने के लिए तालाब के अंदर कूद पड़ी और विस्माया की ओर उसे पकड़ने के लिए बढ़ गई। उन्हें तैरना नहीं आता था तो बजाय विस्माया को बचाने के वे खुद ही गहरे पानी की ओर चली गईं और डूबने लगीं।

उधर बदरुन्निशा और कमरुन्निशा दोनों विस्माया की चीख सुनकर कपड़े धोना छोड़कर उसी ओर दौड़ पड़ी थीं। जब उन्होंने विस्माया की अम्मी को भी उसके साथ खतरे में देखा तो कमरुन्निशा तो किनारे पर ही रुक गई, क्योंकि उसे तैरना नहीं आता था, मगर बदरुन्निशा ने बिना एक पल की भी देरी लगाए तालाब में कूद गई। जल्दी ही वह विस्माया की अम्मी के पास तक जा पहुँची। उसने उन्हें किनारे की ओर धक्का मारा। इस तरह कुछ ही कोशिश में उन्हें तालाब की तली की जमीन मिल गई और वे अपने पैरों के सहारे खड़ी हो गईं।

उनकी नजर अब विस्माया की ओर ही थी। बदरुन्निशा ने उन्हें निश्चिंत

किया कि वह विस्माया की चिंता न करे, वह उसे बचा लेगी, वे तालाब से ऊपर निकल जाएँ।

मगर वे वहीं खड़ी देखती रहीं। उन्हें मालुम था कि जिधर विस्माया खतरे में फँसी थी, उधर तालाब की गहराई करीब बीस फीट थी। यही कारण था कि वे बार-बार विस्माया को नहाने के लिए रोक रही थीं।

मगर अब क्या हो सकता था। विस्माया खतरे में थी, वे इसमें कहीं-न-कहीं खुद को भी दोषी मान रही थीं। बच्चे तो जिद करते ही हैं, उन्होंने आखिर उसे जाने ही क्यों दिया।

बदरुन्निशा विस्माया को बचाने में लगी थी। अचानक उनके हाथ अपने आप दुआ के लिए उठ गए।

बदरुन्निशा तेजी से विस्माया के पास पहुँच चुकी थी। मुँह में पानी चले

जाने के कारण विस्माया कुछ-कुछ बेहोशी की हालत में हो गई थी। इसलिए बदरुन्निशा का काम थोड़ा आसान हो गया था। उसने विस्माया को ऊँचा करके उठाया और किनारे की ओर लेकर चल दी। शीघ्र ही वह खतरे की सीमा से बाहर थी। नजदीक आकर विस्माया की अम्मी राजी ने उसे पकड़ लिया। अब दोनों मिलकर उसे तालाब के ऊपर ले आए।

अब तक शोरगुल सुनकर कई लोग तालाब तक आ चुके थे, तुरंत विसमाया को प्राथमिक सहायता दी गई। कुछ ही देर में उसे होश आ गया।

सभी ने बदरुन्निशा के साहस और बहादुरी की सराहना की। समाचार-पत्रों में इस घटना का ब्योरा छपा। बदरुन्निशा का नाम राष्ट्रीय बाल वीरता पुरस्कार के लिए प्रस्तावित किया गया और उसे उस वर्ष का 'राष्ट्रीय बाल वीरता पुरस्कार' देश के प्रधानमंत्रीजी द्वारा प्रदान किया गया।

नन्हे दोस्तो,

हम सीधे-सादे भोले-भाले नन्हे हैं बच्चे,
भेदभाव से दूर समझ से अपनी, मन के सच्चे,
जो भाता मन को करते हैं हम अपनी मनमानी,
काम अगर अच्छे हों जो तो फल भी होंगे अच्छे।

□

और बादल फट गया

पायल देवी

उस दिन जब दोपहर को स्कूल की छुट्टी हुई तो सारे बच्चे अपने-अपने घरों की ओर रवाना हो गए। सुबह से ही बारिश रुक-रुक कर हो रही थी। जो बच्चे बादलों के रुख को देखकर घर पर ही रुक गए, वे तो ठीक थे, मगर जो स्कूल आ चुके थे, उन्हें कैसे-न-कैसे सुरक्षित घर तक पहुँचना था।

यह देश के जम्मू-कश्मीर राज्य का इलाका था और रामबन जिले का एक हिस्सा, जो पीर पंजाल पर्वत श्रृंखला के अंतर्गत आता था। इसी जिले में मशहूर बनिहाल दर्रा आता है, जिसके जरिए लगभग नौ किलोमीटर लंबी सुरंग से कश्मीर घाटी में प्रवेश करते हैं। उस पार कश्मीर घाटी और उसके इस ओर जम्मू का क्षेत्र स्थित है। यहाँ के प्रसिद्ध पर्यटन स्थल पटनी टॉप के नीचे लिदवाल मोड़ के गवर्नमेंट मिडिल स्कूल की यह घटना है।

उस दिन स्कूल की छुट्टी के बाद बच्चे तेजी से आगे बढ़ रहे थे। वे जल्दी-से-जल्दी घर पहुँच जाना चाह रहे थे। कुछ दूर चलने के बाद कुछ बच्चे दूसरी ओर मुड़ गए, क्योंकि उनके गाँव का रास्ता उसी दिशा में था। अब बाकी बच्चे पायल, राकेश, स्वालू देवी, मीनाक्षी विपिन और काका कुमार तेजी से कदम बढ़ाते अपने गाँव बडौल बरथल की ओर चलते चले जा रहे थे। यह एक बड़ा सा गाँव था और स्कूल से करीब दो किलोमीटर की दूरी पर था।

इस समय आसमान पर बड़ी जोर की घटा घिर रही थी, जो उनके नन्हे दिलों को धड़का रही थी, इसीलिए बच्चे अपने साथ काका कुमार को लेकर आए थे। वही इनमें सबसे बड़ा था। उसका घर भी इनके गाँव में ही था।

ये सारे बच्चे एक ही घर-परिवार के थे। सबसे नन्ही स्वालू, जो कक्षा दो में पढ़ती थी, कक्षा सात में पढ़नेवाले अपने मामा राकेश कुमार के साथ उसकी अंगुली पकड़े आगे-आगे चली जा रही थी, जबकि उसके पीछे बारह साल की उसकी मौसी पायल देवी, जो कक्षा सात की छात्रा थी, धीरे-धीरे चलती चली आ रही थी। उनके पीछे ही पायल की सगी बहन मीनाक्षी और उसका भाई विपिन थे। जो क्रमशः कक्षा सात और छठवीं कक्षा के छात्र थे। सबसे पीछे था काका कुमार, जिन्हें ये बच्चे अपने साथ के लिए लेकर आए थे। यों तो काका कुमार की उम्र भी कोई ज्यादा नहीं, कुल पंद्रह साल ही थी, मगर इन सभी बच्चों में वह सबसे बड़ा था।

उसे थोड़ी देर बाद गाँव आना था, मगर इन बच्चों ने जब कहा कि भैया साथ ही चलो, मौसम खराब है तो वह इन सब के साथ ही चल दिया।

घिरी हुई घटा को देखकर मीनाक्षी ने कहा, "कहीं बादल न फट जाए?"

यह सुनकर छोटा भाई विपिन बोला, "दीदी, यह बादल कैसे फटता है?"

"क्या तुझे नहीं पता?" मीनाक्षी ने पूछा।

फिर खुद ही ठंडी साँस लेकर बोली, "कैसे पता होगा, कभी तूने पूछा ही नहीं होगा किसी से। मैंने पूछा था मैडम से, इसलिए मुझे पता है।"

"तो मुझे भी बताओ न, दीदी?" विपिन ने जिद करते हुए कहा।

"जैसे पानी से भरा हुआ गुब्बारा फटता है।" मीनाक्षी ने जबाब दिया।

"कैसे?" विपिन ने आगे से पूछा।

जब ऊँची-ऊँची पहाड़ियों के बीच बादल फँस जाते हैं और कम दबाव का क्षेत्र बन जाता है, तब उनका सारा पानी कम जगह में एक साथ गिर जाता है, जो कई बार खतरनाक सिद्ध होता है। हमारे इलाके में भी इस तरह की घटनाएँ कभी-कभी हो जाती हैं।

वे दोनों पीछे-पीछे ये सब बातें करते चले आ रहे थे, जबकि उनके आगे स्वालू राकेश और पायल जा रहे थे। काका कुमार उनके पीछे-पीछे घिसटता हुआ चला रहा था।

आगे कुछ ही दूरी पर चकवा नाला था, जिस पर कोई पुल वगैरह नहीं था। वैसे भी वह पूरी साल सूखा ही पड़ा रहता। बरसात के दिनों में जरूर पानी ऊपर पहाड़ों से आता, मगर वह भी नाले में कब रुकता, बहता हुआ वहाँ से करीब दस किलोमीटर दूर चिनाब नदी में जा मिलता। गाँव के लोग पूरी साल ऐसे ही उस सूखे नाले में अंदर से घुसकर पार कर जाते थे।

अभी तो कुल दस-पंद्रह मिनट की बारिश ही हुई थी। इसलिए नाले में कोई ज्यादा पानी नहीं था। थोड़ा-थोड़ा पानी ही बह रहा था, जिसे पार करने के लिए पाँच साल की स्वालू ठुमकती हुई राकेश कुमार का हाथ पकड़े आगे की ओर बढ़ी जा रही थी। अचानक राकेश का पैर फिसल गया। वह पानी में गिर गया और उसके साथ ही स्वालू भी गिर गई, जो उसका हाथ पकड़े हुई थी। अचानक एक अजीब सा शोर पहाड़ों की ओर से आने लगा। पानी का सैलाब नाले में ऊपर की ओर से आता दिखाई दिया। अभी राकेश और स्वालू बीच नाले में ही गिरे हुए थे।

पायलदेवी ने उन दोनों को खतरे में देखा तो वह उन्हें बचाने के लिए दौड़ पड़ी, वह अभी नाले में उतरी थी, उसका इरादा उस सैलाब से पहले उन दोनों को नाले के पार ले जाने का था।

मगर उसका अंदाजा गलत निकला। ऊपर से आता पानी का वह विशाल सैलाब इतना तेज था कि पायल उसका मुकाबला न कर सकी और देखते-ही-देखते वह पानी का सैलाब स्वालू, राकेश एवं पायल को समेटते हरहराता हुआ आगे निकल गया।

इतना भी मौका नहीं मिला कि पीछे से नाले के नजदीक आते हुए मीनाक्षी, विपिन और काका कुमार कुछ कर पाते। कुछ ही देर में वहाँ शांति छा गई।

यह पहाड़ों पर बादल फटा था, जिसका पानी एक साथ नाले में आया और चला गया। मगर अपने साथ ले गया, मीनाक्षी और विपिन की सगी बहन पायल देवी को, उसके चाचा के लड़के राकेश तथा बहन की बेटी नन्ही स्वालू को।

काका कुमार भी हक्का-बक्का था। यकायक हुए इस हादसे ने उसे कोई मौका नहीं दिया कि वह पायल की तरह उन दोनों को बचाने की कोशिश भी कर पाता या बचा पाता।

बारह साल की बहादुर पायल ने अपने से छोटे उन दोनों को बचाने की कोशिश की। यद्यपि वह सफल नहीं हो सकी, मगर उसकी भावना का सम्मान करते हुए उसका नाम 'राष्ट्रीय बाल वीरता पुरस्कार' के लिए जिला प्रशासन

द्वारा भारतीय बाल कल्याण परिषद्, नई दिल्ली के लिए भेजा गया, जहाँ उसे दो बच्चों को बचाने के वीरतापूर्ण प्रयास के लिए मरणोपरांत 'राष्ट्रीय बाल वीरता पुरस्कार' प्रदान किया गया।

प्रधानमंत्री से पुरस्कार लेने दिल्ली आए उसके पिता और भाई सोहनलाल की आँखों में यह घटना बताते समय पायल, राकेश और स्वालू की याद में आँसू भर आए।

नन्हे दोस्तो,

देख न पाएँ कष्ट किसी का,कभी न हम घबराते,
जिएँ या फिर हम मर जाएँ, यह सोच भी नहीं पाते,
नहीं देखते क्या होगा ? बस आगे बढ़ते जाते,
पता नहीं सबसे हैं अपने, जाने कैसे नाते ?